Antoine de Saint-Exupéry

Vol de nuit

Dossier réalisé par
Lucien Giraudo

Lecture d'image par
Isabelle Varloteaux

Agrégé et docteur ès lettres, **Lucien Giraudo** est spécialiste de la littérature du XXe siècle. Il a publié un livre d'entretiens avec Michel Butor (*Pour tourner la page*, chez Actes sud), des études sur Apollinaire, Sartre, Senghor (chez Nathan). Il est l'auteur de l'accompagnement pédagogique du *Roman de la momie* de Théophile Gautier et du *Château des Carpathes* de Jules Verne dans « La bibliothèque Gallimard », et de *Poil de Carotte* de Jules Renard en « Folioplus classiques ».

Historienne d'art et documentaliste, **Isabelle Varloteaux** a organisé au musée de Grenoble un centre de documentation des collections. Elle collabore à plusieurs ouvrages collectifs tels que des catalogues ou des dictionnaires artistiques sur la période contemporaine. Elle est actuellement responsable du service des collections au musée de Grenoble, et participe régulièrement à « Folioplus classiques » par ses lectures de tableaux.

© *Éditions Gallimard, 1931 pour le texte,
2007 pour la lecture d'image et le dossier.*

Sommaire

Vol de nuit	5
Table des chapitres	91
Dossier	
Du tableau au texte	
Analyse de *Hélice* de Robert Delaunay (1923)	95
Le texte en perspective	
Vie littéraire : *Un humaniste des temps modernes*	109
L'écrivain à sa table de travail : *Entre ciel et terre*	120
Groupement de textes thématique : *Le combat dans le ciel*	132
Groupement de textes stylistique : *La terre vue du ciel*	141
Chronologie : *Antoine de Saint-Exupéry et son temps*	151
Éléments pour une fiche de lecture	157

Vol de nuit

À Monsieur Didier Daurat

I

Les collines, sous l'avion, creusaient déjà leur sillage d'ombre dans l'or du soir. Les plaines devenaient lumineuses mais d'une inusable lumière : dans ce pays elles n'en finissent pas de rendre leur or de même qu'après l'hiver, elles n'en finissent pas de rendre leur neige.

Et le pilote Fabien, qui ramenait de l'extrême Sud, vers Buenos Aires, le courrier de Patagonie, reconnaissait l'approche du soir aux mêmes signes que les eaux d'un port : à ce calme, à ces rides légères qu'à peine dessinaient de tranquilles nuages. Il entrait dans une rade immense et bienheureuse.

Il eût pu croire aussi, dans ce calme, faire une lente promenade, presque comme un berger. Les bergers de Patagonie vont, sans se presser, d'un troupeau à l'autre : il allait d'une ville à l'autre, il était le berger des petites villes. Toutes les deux heures, il en rencontrait qui venaient boire au bord des fleuves ou qui broutaient leur plaine.

Quelquefois, après cent kilomètres de steppes plus inhabitées que la mer, il croisait une ferme perdue, et qui semblait emporter en arrière, dans une houle de prairies, sa charge de vies humaines, alors il saluait des ailes ce navire.

« San Julian est en vue ; nous atterrirons dans dix minutes. »

Le radionavigant passait la nouvelle à tous les postes de la ligne.

Sur deux mille cinq cents kilomètres, du détroit de Magellan à Buenos Aires, des escales semblables s'échelonnaient ; mais celle-ci s'ouvrait sur les frontières de la nuit comme, en Afrique, sur le mystère, la dernière bourgade soumise.

Le radio passa un papier au pilote :

« Il y a tant d'orages que les décharges remplissent mes écouteurs. Coucherez-vous à San Julian ? »

Fabien sourit : le ciel était calme comme un aquarium et toutes les escales, devant eux, leur signalaient : « Ciel pur, vent nul. »

Il répondit :

« Continuerons. »

Mais le radio pensait que des orages s'étaient installés quelque part, comme des vers s'installent dans un fruit ; la nuit serait belle et pourtant gâtée : il lui répugnait d'entrer dans cette ombre prête à pourrir.

En descendant moteur au ralenti sur San Julian, Fabien se sentit las. Tout ce qui fait douce la vie des hommes grandissait vers lui : leurs maisons, leurs petits cafés, les arbres de leur promenade. Il était semblable à un conquérant, au soir de ses conquêtes, qui se penche sur les terres de l'empire, et découvre l'humble bonheur des hommes. Fabien avait besoin de déposer les armes, de ressentir sa lourdeur et ses courbatures, on est riche aussi de ses misères, et d'être ici un homme simple, qui regarde par la fenêtre une vision désormais immuable. Ce village minuscule, il l'eût accepté, après avoir choisi on se contente du hasard de son existence et on peut l'aimer. Il vous borne comme l'amour. Fabien eût désiré vivre ici longtemps, prendre sa part ici d'éternité, car les petites villes, où il vivait une heure, et les jardins clos de vieux murs, qu'il traversait, lui semblaient éternels de durer en dehors de lui. Et le village montait vers l'équipage et vers lui s'ouvrait. Et Fabien pensait aux amitiés, aux filles tendres, à l'intimité des nappes blanches, à tout ce qui, lentement, s'apprivoise pour l'éternité. Et le village coulait déjà au ras des ailes, étalant le mystère de ses jardins fermés que leurs murs ne protégeaient plus. Mais Fabien, ayant atterri, sut qu'il n'avait rien vu, sinon le mouvement lent de quelques hommes parmi leurs pierres. Ce village défendait, par sa seule immobilité, le secret de ses passions, ce village refusait sa douceur : il eût fallu renoncer à l'action pour la conquérir.

Quand les dix minutes d'escale furent écoulées, Fabien dut repartir.
Il se retourna vers San Julian : ce n'était plus qu'une poignée de lumières, puis d'étoiles, puis se dissipa la poussière qui, pour la dernière fois, le tenta.

« Je ne vois plus les cadrans : j'allume. »
Il toucha les contacts, mais les lampes rouges de la carlingue versèrent vers les aiguilles une lumière encore si diluée dans cette lumière bleue qu'elle ne les colorait pas. Il passa les doigts devant une ampoule : ses doigts se teintèrent à peine.
« Trop tôt. »
Pourtant la nuit montait, pareille à une fumée sombre, et déjà comblait les vallées. On ne distinguait plus celles-ci des plaines. Déjà pourtant s'éclairaient les villages, et leurs constellations se répondaient. Et lui aussi, du doigt, faisait cligner ses feux de position, répondait aux villages. La terre était tendue d'appels lumineux, chaque maison allumant son

étoile, face à l'immense nuit, ainsi qu'on tourne un phare vers la mer. Tout ce qui couvrait une vie humaine déjà scintillait. Fabien admirait que l'entrée dans la nuit se fît cette fois, comme une entrée en rade, lente et belle.

Il enfouit sa tête dans la carlingue. Le radium des aiguilles commençait à luire. L'un après l'autre le pilote vérifia des chiffres et fut content. Il se découvrait solidement assis dans le ciel. Il effleura du doigt un longeron d'acier, et sentit dans le métal ruisseler la vie : le métal ne vibrait pas, mais vivait. Les cinq cents chevaux du moteur faisaient naître dans la matière un courant très doux, qui changeait sa glace en chair de velours. Une fois de plus, le pilote n'éprouvait, en vol, ni vertige, ni ivresse, mais le travail mystérieux d'une chair vivante.

Maintenant il s'était recomposé un monde, il y jouait des coudes pour s'y installer bien à l'aise.

Il tapota le tableau de distribution électrique, toucha les contacts un à un, remua un peu, s'adossa mieux, et chercha la position la meilleure pour bien sentir les balancements des cinq tonnes de métal qu'une nuit mouvante épaulait. Puis il tâtonna, poussa en place sa lampe de secours, l'abandonna, la retrouva, s'assura qu'elle ne glissait pas, la quitta de nouveau pour tapoter chaque manette, les joindre à coup sûr, instruire ses doigts pour un monde d'aveugle. Puis, quand ses doigts le connurent bien, il se permit d'allumer une lampe, d'orner sa carlingue d'instruments précis, et surveilla sur les cadrans seuls, son entrée dans la nuit, comme une plongée. Puis, comme rien ne vacillait, ni ne vibrait, ni ne tremblait, et que demeuraient fixes son gyroscope, son altimètre et le régime du moteur, il s'étira un peu, appuya sa nuque au cuir du siège, et commença cette profonde méditation du vol, où l'on savoure une espérance inexplicable.

Et maintenant, au cœur de la nuit comme un veilleur, il découvre que la nuit montre l'homme : ces appels, ces lumières, cette inquiétude. Cette simple étoile dans l'ombre : l'isolement d'une maison. L'une s'éteint : c'est une maison qui se ferme sur son amour.

Ou sur son ennui. C'est une maison qui cesse de faire son signal au reste du monde. Ils ne savent pas ce qu'ils espèrent ces paysans accoudés à la table devant leur lampe : ils ne savent pas que leur désir porte si loin, dans la grande nuit qui les enferme. Mais Fabien le découvre quand il vient de mille kilomètres et sent des lames de fond profondes soulever et descendre l'avion qui respire, quand il a traversé dix orages, comme des pays de guerre, et, entre eux, des clairières de lune, et quand il gagne ces lumières, l'une après l'autre, avec le sentiment de vaincre. Ces hommes croient que leur lampe luit pour l'humble table, mais à quatre-vingts kilomètres d'eux, on est déjà touché par l'appel de cette lumière, comme s'ils la balançaient désespérés, d'une île déserte, devant la mer.

2

Ainsi les trois avions postaux de la Patagonie, du Chili et du Paraguay revenaient du sud, de l'ouest et du nord vers Buenos Aires. On y attendait leur chargement pour donner le départ, vers minuit, à l'avion d'Europe.

Trois pilotes, chacun à l'arrière d'un capot lourd comme un chaland, perdus dans la nuit, méditaient leur vol, et, vers la ville immense, descendraient lentement de leur ciel d'orage ou de paix, comme d'étranges paysans descendent de leurs montagnes.

Rivière, responsable du réseau entier, se promenait de long en large sur le terrain d'atterrissage de Buenos Aires. Il demeurait silencieux car, jusqu'à l'arrivée des trois avions, cette journée, pour lui, restait redoutable. Minute par minute, à mesure que les télégrammes lui parvenaient, Rivière avait conscience d'arracher quelque chose au sort, de réduire la part d'inconnu, et de tirer ses équipages, hors de la nuit, jusqu'au rivage.

Un manœuvre aborda Rivière pour lui communiquer un message du poste radio :

— Le courrier du Chili signale qu'il aperçoit les lumières de Buenos Aires.

— Bien.

Bientôt Rivière entendrait cet avion : la nuit en livrait un

Chapitre 2

déjà, ainsi qu'une mer, pleine de flux et de reflux et de mystères, livre à la plage le trésor qu'elle a si longtemps ballotté. Et plus tard on recevrait d'elle les deux autres.

Alors cette journée serait liquidée. Alors les équipes usées iraient dormir, remplacées par les équipes fraîches. Mais Rivière n'aurait point de repos : le courrier d'Europe, à son tour, le chargerait d'inquiétudes. Il en serait toujours ainsi. Toujours. Pour la première fois ce vieux lutteur s'étonnait de se sentir las. L'arrivée des avions ne serait jamais cette victoire qui termine une guerre, et ouvre une ère de paix bienheureuse. Il n'y aurait jamais, pour lui, qu'un pas de fait précédant mille pas semblables. Il semblait à Rivière qu'il soulevait un poids très lourd, à bras tendus, depuis longtemps : un effort sans repos et sans espérance. « Je vieillis... » Il vieillissait si dans l'action seule il ne trouvait plus sa nourriture. Il s'étonna de réfléchir sur des problèmes qu'il ne s'était jamais posés. Et pourtant revenait contre lui, avec un murmure mélancolique, la masse des douceurs qu'il avait toujours écartées : un océan perdu. « Tout cela est donc si proche ?... » Il s'aperçut qu'il avait peu à peu repoussé vers la vieillesse, pour « quand il aurait le temps » ce qui fait douce la vie des hommes. Comme si réellement on pouvait avoir le temps un jour, comme si l'on gagnait, à l'extrémité de la vie, cette paix bienheureuse que l'on imagine. Mais il n'y a pas de paix. Il n'y a peut-être pas de victoire. Il n'y a pas d'arrivée définitive de tous les courriers.

Rivière s'arrêta devant Leroux, un vieux contremaître qui travaillait. Leroux, lui aussi, travaillait depuis quarante ans. Et le travail prenait toutes ses forces. Quand Leroux rentrait chez lui vers 10 heures du soir, ou minuit, ce n'était pas un autre monde qui s'offrait à lui, ce n'était pas une évasion. Rivière sourit à cet homme qui relevait son visage lourd, et désignait un axe bleu : « Ça tenait trop dur, mais je l'ai eu... » Rivière se pencha sur l'axe. Rivière était repris par le métier. «Il faudra dire aux ateliers d'ajuster ces pièces-là plus libres.» Il tâta du doigt les traces du grippage, puis considéra de nouveau Leroux. Une drôle de question lui venait aux lèvres, devant ces rides sévères. Il en souriait :

— Vous vous êtes beaucoup occupé d'amour, Leroux, dans votre vie ?

— Oh! l'amour, vous savez, monsieur le Directeur...

— Vous êtes comme moi, vous n'avez jamais eu le temps.

— Pas bien beaucoup...

Rivière écoutait le son de la voix, pour connaître si la réponse était amère : elle n'était pas amère. Cet homme éprouvait, en face de sa vie passée, le tranquille contentement du menuisier qui vient de polir une belle planche : «Voilà. C'est fait.»

«Voilà, pensait Rivière, ma vie est faite.»

Il repoussa toutes les pensées tristes qui lui venaient de sa fatigue, et se dirigea vers le hangar, car l'avion du Chili grondait.

3

Le son de ce moteur lointain devenait de plus en plus dense. Il mûrissait. On donna les feux. Les lampes rouges du balisage dessinèrent un hangar, des pylônes de T.S.F., un terrain carré. On dressait une fête.

— Le voilà !

L'avion roulait déjà dans le faisceau des phares. Si brillant qu'il en semblait neuf. Mais, quand il eut stoppé enfin devant le hangar, tandis que les mécaniciens et les manœuvres se pressaient pour décharger la poste, le pilote Pellerin ne bougea pas.

— Eh bien ? qu'attendez-vous pour descendre ?

Le pilote, occupé à quelque mystérieuse besogne, ne daigna pas répondre. Probablement il écoutait encore tout le bruit du vol passer en lui. Il hochait lentement la tête, et, penché en avant, manipulait on ne sait quoi. Enfin il se retourna vers les chefs et les camarades, et les considéra gravement, comme sa propriété. Il semblait les compter et les mesurer et les peser, et il pensait qu'il les avait bien gagnés, et aussi ce hangar de fête et ce ciment solide et, plus loin, cette ville avec son mouvement, ses femmes et sa chaleur. Il tenait ce peuple dans ses larges mains, comme des sujets, puisqu'il pouvait les toucher, les entendre et les

insulter. Il pensa d'abord les insulter d'être là tranquilles, sûrs de vivre, admirant la lune, mais il fut débonnaire :
— ... Paierez à boire !
Et il descendit.
Il voulut raconter son voyage :
— Si vous saviez !...
Jugeant sans doute en avoir assez dit, il s'en fut retirer son cuir.

Quand la voiture l'emporta vers Buenos Aires en compagnie d'un inspecteur morne et de Rivière silencieux, il devint triste : c'est beau de se tirer d'affaire, et de lâcher avec santé, en reprenant pied, de bonnes injures. Quelle joie puissante ! Mais ensuite, quand on se souvient, on doute on ne sait de quoi.

La lutte dans le cyclone, ça, au moins, c'est réel, c'est franc. Mais non le visage des choses, ce visage qu'elles prennent quand elles se croient seules. Il pensait :

« C'est tout à fait pareil à une révolte : des visages qui pâlissent à peine, mais changent tellement ! »

Il fit un effort pour se souvenir.

Il franchissait, paisible, la cordillère des Andes. Les neiges de l'hiver pesaient sur elle de toute leur paix. Les neiges de l'hiver avaient fait la paix dans cette masse, comme les siècles dans les châteaux morts. Sur deux cents kilomètres d'épaisseur, plus un homme, plus un souffle de vie, plus un effort. Mais des arêtes verticales, qu'à six mille d'altitude on frôle, mais des manteaux de pierre qui tombent droit, mais une formidable tranquillité.

Ce fut aux environs du pic Tupungato...

Il réfléchit. Oui, c'est bien là qu'il fut le témoin d'un miracle.

Car il n'avait d'abord rien vu, mais s'était simplement

senti gêné, semblable à quelqu'un qui se croyait seul, qui n'est plus seul, que l'on regarde. Il s'était senti, trop tard et sans bien comprendre comment, entouré par de la colère. Voilà. D'où venait cette colère ?

À quoi devinait-il qu'elle suintait des pierres, qu'elle suintait de la neige ? Car rien ne semblait venir à lui, aucune tempête sombre n'était en marche. Mais un monde à peine différent, sur place, sortait de l'autre. Pellerin regardait, avec un serrement de cœur inexplicable, ces pics innocents, ces arêtes, ces crêtes de neige, à peine plus gris, et qui pourtant commençaient à vivre — comme un peuple.

Sans avoir à lutter, il serrait les mains sur les commandes. Quelque chose se préparait qu'il ne comprenait pas. Il bandait ses muscles, telle une bête qui va sauter, mais il ne voyait rien qui ne fût calme. Oui, calme, mais chargé d'un étrange pouvoir.

Puis tout s'était aiguisé. Ces arêtes, ces pics, tout devenait aigu : on les sentait pénétrer, comme des étraves, le vent dur. Et puis il lui sembla qu'elles viraient et dérivaient autour de lui, à la façon de navires géants qui s'installent pour le combat. Et puis il y eut, mêlée à l'air, une poussière : elle montait, flottant doucement, comme un voile, le long des neiges. Alors, pour chercher une issue en cas de retraite nécessaire, il se retourna et trembla : toute la Cordillère, en arrière, semblait fermenter.

« Je suis perdu. »

D'un pic, à l'avant, jaillit la neige : un volcan de neige. Puis d'un second pic, un peu à droite. Et tous les pics, ainsi, l'un après l'autre s'enflammèrent, comme successivement touchés par quelque invisible coureur. C'est alors qu'avec les premiers remous de l'air les montagnes autour du pilote oscillèrent.

L'action violente laisse peu de traces : il ne retrouvait plus en lui le souvenir des grands remous qui l'avaient roulé. Il se rappelait seulement s'être débattu, avec rage, dans ces flammes grises.

Il réfléchit.

« Le cyclone, ce n'est rien. On sauve sa peau. Mais auparavant ! Mais cette rencontre que l'on fait ! »

Il pensait reconnaître, entre mille, un certain visage, et pourtant il l'avait déjà oublié.

4

Rivière regardait Pellerin. Quand celui-ci descendrait de voiture, dans vingt minutes, il se mêlerait à la foule avec un sentiment de lassitude et de lourdeur. Il penserait peut-être : « Je suis bien fatigué... sale métier ! » Et à sa femme il avouerait quelque chose comme « on est mieux ici que sur les Andes ». Et pourtant tout ce à quoi les hommes tiennent si fort s'était presque détaché de lui : il venait d'en connaître la misère. Il venait de vivre quelques heures sur l'autre face du décor, sans savoir s'il lui serait permis de rétablir pour soi cette ville dans ses lumières. S'il retrouverait même encore, amies d'enfance ennuyeuses mais chères, toutes ses petites infirmités d'homme. « Il y a dans toute foule, pensait Rivière, des hommes que l'on ne distingue pas, et qui sont de prodigieux messagers. Et sans le savoir eux-mêmes. À moins que... » Rivière craignait certains admirateurs. Ils ne comprenaient pas le caractère sacré de l'aventure, et leurs exclamations en faussaient le sens, diminuaient l'homme. Mais Pellerin gardait ici toute sa grandeur d'être simplement instruit, mieux que personne, sur ce que vaut le monde entrevu sous un certain jour, et de repousser les approbations vulgaires avec un lourd dédain. Aussi Rivière le félicita-t-il : « Comment avez-vous réussi ? » Et il l'aima de parler simplement métier, de parler de son vol comme un forgeron de son enclume.

Pellerin expliqua d'abord sa retraite coupée. Il s'excusait presque : « Aussi je n'ai pas eu le choix. » Ensuite il n'avait plus rien vu : la neige l'aveuglait. Mais de violents courants l'avaient sauvé, en le soulevant à sept mille. « J'ai dû être maintenu au ras des crêtes pendant toute la traversée. » Il parla aussi du gyroscope dont il faudrait changer de place la prise d'air : la neige l'obturait : « Ça forme verglas, voyez-vous. » Plus tard d'autres courants avaient culbuté Pellerin, et, vers trois mille, il ne comprenait plus comment il n'avait rien heurté encore. C'est qu'il survolait déjà la plaine. « Je m'en suis aperçu tout d'un coup, en débouchant dans du ciel pur. » Il expliqua enfin qu'il avait eu, à cet instant-là, l'impression de sortir d'une caverne.

— Tempête aussi à Mendoza ?
— Non. J'ai atterri par ciel pur, sans vent. Mais la tempête me suivait de près.

Il la décrivit parce que, disait-il, « tout de même c'était étrange ». Le sommet se perdait très haut dans les nuages de neige, mais la base roulait sur la plaine ainsi qu'une lave noire. Une à une, les villes étaient englouties. « Je n'ai jamais vu ça... » Puis il se tut, saisi par quelque souvenir.

Rivière se retourna vers l'inspecteur.
— C'est un cyclone du Pacifique, on nous a prévenus trop tard. Ces cyclones ne dépassent jamais les Andes.

« On ne pouvait prévoir que celui-là poursuivrait sa marche vers l'Est. »

L'inspecteur, qui n'y connaissait rien, approuva.

Chapitre 4

L'inspecteur parut hésiter, se retourna vers Pellerin, et sa pomme d'Adam remua. Mais il se tut. Il reprit, après réflexion, en regardant droit devant soi, sa dignité mélancolique.

Il la promenait, ainsi qu'un bagage, cette mélancolie. Débarqué la veille en Argentine, appelé par Rivière pour de vagues besognes, il était empêtré de ses grandes mains et de sa dignité d'inspecteur. Il n'avait le droit d'admirer ni la fantaisie, ni la verve : il admirait par fonction la ponctualité. Il n'avait le droit de boire un verre en compagnie, de tutoyer un camarade et de risquer un calembour que si, par un hasard invraisemblable, il rencontrait, dans la même escale, un autre inspecteur.

« Il est dur, pensait-il, d'être un juge. »

À vrai dire, il ne jugeait pas, mais hochait la tête. Ignorant tout, il hochait la tête, lentement, devant tout ce qu'il rencontrait. Cela troublait les consciences noires et contribuait au bon entretien du matériel. Il n'était guère aimé, car un inspecteur n'est pas créé pour les délices de l'amour, mais pour la rédaction de rapports. Il avait renoncé à y proposer des méthodes nouvelles et des solutions techniques, depuis que Rivière avait écrit : « L'inspecteur Robineau est prié de nous fournir, non des poèmes, mais des rapports. L'inspecteur Robineau utilisera heureusement ses compétences, en stimulant le zèle du personnel. » Aussi se jetait-il désormais, comme sur son pain quotidien, sur les défaillances humaines. Sur le mécanicien qui buvait, le chef d'aéroplace qui passait des nuits blanches, le pilote qui rebondissait à l'atterrissage.

Rivière disait de lui : « Il n'est pas très intelligent, aussi rend-il de grands services. » Un règlement établi par Rivière était, pour Rivière, connaissance des hommes ; mais pour Robineau n'existait plus qu'une connaissance du règlement.

« Robineau, pour tous les départs retardés, lui avait dit

un jour Rivière, vous devez faire sauter les primes d'exactitude.

— Même pour le cas de force majeure ? Même par brume ?

— Même par brume. »

Et Robineau éprouvait une sorte de fierté d'avoir un chef si fort qu'il ne craignait pas d'être injuste. Et Robineau lui-même tirerait quelque majesté d'un pouvoir aussi offensant.

— Vous avez donné le départ à six heures quinze, répétait-il plus tard aux chefs d'aéroports, nous ne pourrons vous payer votre prime.

— Mais, monsieur Robineau, à cinq heures trente, on ne voyait pas à dix mètres !

— C'est le règlement.

— Mais, monsieur Robineau, nous ne pouvons pas balayer la brume !

Et Robineau se retranchait dans son mystère. Il faisait partie de la direction. Seul, parmi ces totons, il comprenait comment, en châtiant les hommes, on améliorera le temps.

« Il ne pense rien, disait de lui Rivière, ça lui évite de penser faux. »

Si un pilote cassait un appareil, ce pilote perdait sa prime de non-casse.

« Mais quand la panne a eu lieu sur un bois ? s'était informé Robineau.

— Sur un bois aussi. »

Et Robineau se le tenait pour dit.

— Je regrette, disait-il plus tard aux pilotes, avec une vive ivresse, je regrette même infiniment, mais il fallait avoir la panne ailleurs.

— Mais, monsieur Robineau, on ne choisit pas !

— C'est le règlement.

« Le règlement, pensait Rivière, est semblable aux rites d'une religion qui semblent absurdes mais façonnent les

Chapitre 4

hommes. » Il était indifférent à Rivière de paraître juste ou injuste. Peut-être ces mots-là n'avaient-ils même pas de sens pour lui. Les petits-bourgeois des petites villes tournent le soir autour de leur kiosque à musique et Rivière pensait : « Juste ou injuste envers eux, cela n'a pas de sens : ils n'existent pas. » L'homme était pour lui une cire vierge qu'il fallait pétrir. Il fallait donner une âme à cette matière, lui créer une volonté. Il ne pensait pas les asservir par cette dureté, mais les lancer hors d'eux-mêmes. S'il châtiait ainsi tout retard, il faisait acte d'injustice mais il tendait vers le départ la volonté de chaque escale ; il créait cette volonté. Ne permettant pas aux hommes de se réjouir d'un temps bouché, comme d'une invitation au repos, il les tenait en haleine vers l'éclaircie, et l'attente humiliait secrètement jusqu'au manœuvre le plus obscur. On profitait ainsi du premier défaut dans l'armure : « Débouché au nord, en route ! » Grâce à Rivière, sur quinze mille kilomètres, le culte du courrier primait tout.

Rivière disait parfois :

« Ces hommes-là sont heureux, parce qu'ils aiment ce qu'ils font, et ils l'aiment parce que je suis dur. »

Il faisait peut-être souffrir, mais procurait aussi aux hommes de fortes joies.

« Il faut les pousser, pensait-il, vers une vie forte qui entraîne des souffrances et des joies, mais qui seule compte. »

Comme la voiture entrait en ville, Rivière se fit conduire au bureau de la Compagnie. Robineau, resté seul avec Pellerin, le regarda, et entrouvrit les lèvres pour parler.

5

Or, Robineau ce soir était las. Il venait de découvrir, en face de Pellerin vainqueur, que sa propre vie était grise. Il venait surtout de découvrir que lui, Robineau, malgré son titre d'inspecteur et son autorité, valait moins que cet homme rompu de fatigue, tassé dans l'angle de la voiture, les yeux clos et les mains noires d'huile. Pour la première fois Robineau admirait. Il avait besoin de le dire. Il avait besoin surtout de se gagner une amitié. Il était las de son voyage et de ses échecs du jour, peut-être se sentait-il même un peu ridicule. Il s'était embrouillé, ce soir, dans ses calculs en vérifiant les stocks d'essence, et l'agent même qu'il désirait surprendre, pris de pitié, les avait achevés pour lui. Mais surtout il avait critiqué le montage d'une pompe à huile du type B. 6, la confondant avec une pompe à huile du type B. 4, et les mécaniciens sournois l'avaient laissé flétrir pendant vingt minutes « une ignorance que rien n'excuse », sa propre ignorance.

Il avait peur aussi de sa chambre d'hôtel. De Toulouse à Buenos Aires, il la regagnait invariablement après le travail. Il s'y enfermait, avec la conscience des secrets dont il était lourd, tirait de sa valise une rame de papier, écrivait lentement « Rapport », hasardait quelques lignes et déchirait tout. Il aurait aimé sauver la Compagnie d'un grand péril.

Chapitre 5

Elle ne courait aucun péril. Il n'avait guère sauvé jusqu'à présent qu'un moyeu d'hélice touché par la rouille. Il avait promené son doigt sur cette rouille, d'un air funèbre, lentement, devant un chef d'aéroplace, qui lui avait d'ailleurs répondu : « Adressez-vous à l'escale précédente : cet avion-là vient d'en arriver. » Robineau doutait de son rôle.

Il hasarda, pour se rapprocher de Pellerin :

— Voulez-vous dîner avec moi ? J'ai besoin d'un peu de conversation, mon métier est quelquefois dur...

Puis corrigea pour ne pas descendre trop vite :

— J'ai tant de responsabilités !

Ses subalternes n'aimaient guère mêler Robineau à leur vie privée. Chacun pensait :

« S'il n'a encore rien trouvé pour son rapport, comme il a très faim, il me mangera. »

Mais Robineau, ce soir, ne pensait guère qu'à ses misères : le corps affligé d'un gênant eczéma, son seul vrai secret, il eût aimé le raconter, se faire plaindre, et ne trouvant point de consolations dans l'orgueil, en chercher dans l'humilité. Il possédait aussi, en France, une maîtresse, à qui, la nuit de ses retours, il racontait ses inspections, pour l'éblouir un peu et se faire aimer, mais qui justement le prenait en grippe, et il avait besoin de parler d'elle.

— Alors, vous dînez avec moi ?

Pellerin, débonnaire, accepta.

6

Les secrétaires somnolaient dans les bureaux de Buenos Aires, quand Rivière entra. Il avait gardé son manteau, son chapeau, il ressemblait toujours à un éternel voyageur, et passait presque inaperçu, tant sa petite taille déplaçait peu d'air, tant ses cheveux gris et ses vêtements anonymes s'adaptaient à tous les décors. Et pourtant un zèle anima les hommes. Les secrétaires s'émurent, le chef de bureau compulsa d'urgence les derniers papiers, les machines à écrire cliquetèrent.

Le téléphoniste plantait ses fiches dans le standard, et notait sur un livre épais les télégrammes.

Rivière s'assit et lut.

Après l'épreuve du Chili, il relisait l'histoire d'un jour heureux où les choses s'ordonnent d'elles-mêmes, où les messages dont se délivrent l'un après l'autre les aéroports franchis sont de sobres bulletins de victoire. Le courrier de Patagonie, lui aussi, progressait vite : on était en avance sur l'horaire, car les vents poussaient du sud vers le nord leur grande houle favorable.

— Passez-moi les messages météo.

Chaque aéroport vantait son temps clair, son ciel transparent, sa bonne brise. Un soir doré avait habillé l'Amérique. Rivière se réjouit du zèle des choses. Maintenant ce courrier luttait quelque part dans l'aventure de la nuit, mais avec les meilleures chances.

Rivière repoussa le cahier.

— Ça va.

Et sortit jeter un coup d'œil sur les services, veilleur de nuit qui veillait sur la moitié du monde.

Devant une fenêtre ouverte il s'arrêta et comprit la nuit. Elle contenait Buenos Aires, mais aussi, comme une vaste nef, l'Amérique. Il ne s'étonna pas de ce sentiment de grandeur : le ciel de Santiago du Chili, un ciel étranger, mais une fois le courrier en marche vers Santiago du Chili, on vivait, d'un bout à l'autre de la ligne, sous la même voûte profonde. Cet autre courrier maintenant dont on guettait la voix dans les écouteurs de T.S.F., les pêcheurs de Patagonie en voyaient luire les feux de bord. Cette inquiétude d'un avion en vol quand elle pesait sur Rivière, pesait aussi sur les capitales et les provinces, avec le grondement du moteur.

Heureux de cette nuit bien dégagée, il se souvenait de nuits de désordre, où l'avion lui semblait dangereusement enfoncé et si difficile à secourir. On suivait du poste radio de Buenos Aires sa plainte mêlée au grésillement des orages. Sous cette gangue sourde, l'or de l'onde musicale se perdait. Quelle détresse dans le chant mineur d'un courrier jeté en flèche aveugle vers les obstacles de la nuit !

Rivière pensa que la place d'un inspecteur, une nuit de veille, est au bureau.

— Faites-moi chercher Robineau.

Robineau était sur le point de faire d'un pilote son ami. Il avait, à l'hôtel, devant lui déballé sa valise ; elle livrait ces menus objets par quoi les inspecteurs se rapprochent du reste des hommes : quelques chemises de mauvais goût, un nécessaire de toilette, puis une photographie de femme maigre que l'inspecteur piqua au mur. Il faisait ainsi à Pellerin l'humble confession de ses besoins, de ses tendresses, de ses regrets. Alignant dans un ordre misérable ses trésors, il étalait devant le pilote sa misère. Un eczéma moral. Il montrait sa prison.

Mais pour Robineau, comme pour tous les hommes, existait une petite lumière. Il avait éprouvé une grande douceur en tirant du fond de sa valise, précieusement enveloppé, un petit sac. Il l'avait tapoté longtemps sans rien dire. Puis desserrant enfin les mains :

— J'ai ramené ça du Sahara...

L'inspecteur avait rougi d'oser une telle confidence. Il était consolé de ses déboires et de son infortune conjugale, et de toute cette grise vérité par de petits cailloux noirâtres qui ouvraient une porte sur le mystère.

Rougissant un peu plus :

— On trouve les mêmes au Brésil...

Et Pellerin avait tapoté l'épaule d'un inspecteur qui se penchait sur l'Atlantide.

Par pudeur, Pellerin avait demandé :

— Vous aimez la géologie ?

— C'est ma passion.

Seules, dans la vie, avaient été douces pour lui, les pierres.

Robineau, quand on l'appela, fut triste, mais redevint digne.

« Je dois vous quitter, M. Rivière a besoin de moi pour quelques décisions graves. »

Quand Robineau pénétra au bureau, Rivière l'avait oublié.

Il méditait devant une carte murale où s'inscrivait en rouge le réseau de la Compagnie. L'inspecteur attendait ses ordres. Après de longues minutes, Rivière, sans détourner la tête, lui demanda :

« Que pensez-vous de cette carte, Robineau ? »

Il posait parfois des rébus en sortant d'un songe.

« Cette carte, Monsieur le Directeur... »

L'inspecteur, à vrai dire, n'en pensait rien, mais, fixant la carte d'un air sévère, il inspectait en gros l'Europe et l'Amérique. Rivière d'ailleurs poursuivait, sans lui en faire part, ses méditations : « Le visage de ce réseau est beau mais dur. Il nous a coûté beaucoup d'hommes, de jeunes hommes. Il s'impose ici, avec l'autorité des choses bâties, mais combien de problèmes il pose ! » Cependant, le but pour Rivière dominait tout.

Robineau, debout auprès de lui, fixant toujours, droit devant soi, la carte, peu à peu se redressait. De la part de Rivière, il n'espérait aucun apitoiement.

Il avait une fois tenté sa chance en avouant sa vie gâchée par sa ridicule infirmité, et Rivière lui avait répondu par une boutade : « Si ça vous empêche de dormir, ça stimulera votre activité. »

Ce n'était qu'une demi-boutade. Rivière avait coutume d'affirmer : « Si les insomnies d'un musicien lui font créer de belles œuvres, ce sont de belles insomnies. » Un jour il avait désigné Leroux : « Regardez-moi ça, comme c'est beau, cette laideur qui repousse l'amour... » Tout ce que Leroux avait de grand, il le devait peut-être à cette disgrâce qui avait réduit sa vie à celle du métier.

— Vous êtes très lié avec Pellerin ?

— Euh !...

— Je ne vous le reproche pas.

Rivière fit demi-tour, et, la tête penchée, marchant à

petits pas, il entraînait avec lui Robineau. Un sourire triste lui vint aux lèvres, que Robineau ne comprit pas.

— Seulement... seulement vous êtes le chef.

— Oui, fit Robineau.

Rivière pensa qu'ainsi, chaque nuit, une action se nouait dans le ciel comme un drame. Un fléchissement des volontés pouvait entraîner une défaite, on aurait peut-être à lutter beaucoup d'ici le jour.

— Vous devez rester dans votre rôle.

Rivière pesait ses mots :

— Vous commanderez peut-être à ce pilote, la nuit prochaine, un départ dangereux : il devra obéir.

— Oui...

— Vous disposez presque de la vie des hommes, et d'hommes qui valent mieux que vous...

Il parut hésiter.

— Ça, c'est grave.

Rivière, marchant toujours à petits pas, se tut quelques secondes.

— Si c'est par amitié qu'ils vous obéissent, vous les dupez. Vous n'avez droit vous-même à aucun sacrifice.

— Non... bien sûr.

— Et, s'ils croient que votre amitié leur épargnera certaines corvées, vous les dupez aussi : il faudra bien qu'ils obéissent. Asseyez-vous là.

Rivière doucement, de la main, poussait Robineau vers son bureau.

— Je vais vous mettre à votre place, Robineau. Si vous êtes las, ce n'est pas à ces hommes de vous soutenir. Vous êtes le chef. Votre faiblesse est ridicule. Écrivez.

— Je...

— Écrivez : « L'inspecteur Robineau inflige au pilote Pellerin telle sanction pour tel motif... » Vous trouverez un motif quelconque.

— Monsieur le Directeur !

— Faites comme si vous me compreniez, Robineau. Aimez ceux que vous commandez. Mais sans le leur dire.

Robineau, de nouveau, avec zèle, ferait nettoyer les moyeux d'hélice.

Un terrain de secours communiqua par T.S.F. : « Avion en vue. Avion signale : "Baisse de régime, vais atterrir". »

On perdrait sans doute une demi-heure. Rivière connut cette irritation que l'on éprouve quand le rapide stoppe sur la voie, et que les minutes ne délivrent plus leur lot de plaines. La grande aiguille de la pendule décrivait maintenant un espace mort : tant d'événements auraient pu tenir dans cette ouverture de compas. Rivière sortit pour tromper l'attente, et la nuit lui apparut vide comme un théâtre sans acteur. « Une telle nuit qui se perd ! » Il regardait avec rancune, par la fenêtre, ce ciel découvert, enrichi d'étoiles, ce balisage divin, cette lune, l'or d'une telle nuit dilapidé.

Mais, dès que l'avion décolla, cette nuit pour Rivière fut encore émouvante et belle. Elle portait la vie dans ses flancs. Rivière en prenait soin :

— Quel temps rencontrez-vous ? fit-il demander à l'équipage.

Dix secondes s'écoulèrent :

« Très beau. »

Puis vinrent quelques noms de villes franchies, et c'était pour Rivière, dans cette lutte, des cités qui tombaient.

7

Le radionavigant du courrier de Patagonie, une heure plus tard, se sentit soulevé doucement, comme par une épaule. Il regarda autour de lui : des nuages lourds éteignaient les étoiles. Il se pencha vers le sol : il cherchait les lumières des villages, pareilles à celles de vers luisants cachés dans l'herbe, mais rien ne brillait dans cette herbe noire.

Il se sentit maussade, entrevoyant une nuit difficile : marches, contremarches, territoires gagnés qu'il faut rendre. Il ne comprenait pas la tactique du pilote ; il lui semblait que l'on se heurterait plus loin à l'épaisseur de la nuit comme à un mur.

Maintenant, il apercevait, en face d'eux, un miroitement imperceptible au ras de l'horizon : une lueur de forge. Le radio toucha l'épaule de Fabien, mais celui-ci ne bougea pas.

Les premiers remous de l'orage lointain attaquaient l'avion. Doucement soulevées, les masses métalliques pesaient contre la chair même du radio, puis semblaient s'évanouir, se fondre, et dans la nuit, pendant quelques secondes, il flotta seul. Alors il se cramponna des deux mains aux longerons d'acier.

Et comme il n'apercevait plus rien du monde que l'ampoule rouge de la carlingue, il frissonna de se sentir descendre au cœur de la nuit, sans secours, sous la seule protection

Chapitre 7

d'une petite lampe de mineur. Il n'osa pas déranger le pilote pour connaître ce qu'il déciderait, et, les mains serrées sur l'acier, incliné en avant vers lui, il regardait cette nuque sombre.

Une tête et des épaules immobiles émergeaient seules de la faible clarté. Ce corps n'était qu'une masse sombre, appuyée un peu vers la gauche, le visage face à l'orage, lavé sans doute par chaque lueur. Mais le radio ne voyait rien de ce visage. Tout ce qui s'y pressait de sentiments pour affronter une tempête : cette moue, cette volonté, cette colère, tout ce qui s'échangeait d'essentiel, entre ce visage pâle et, là-bas, ces courtes lueurs, restait pour lui impénétrable.

Il devinait pourtant la puissance ramassée dans l'immobilité de cette ombre, et il l'aimait. Elle l'emportait sans doute vers l'orage, mais aussi elle le couvrait. Sans doute ces mains, fermées sur les commandes, pesaient déjà sur la tempête, comme sur la nuque d'une bête, mais les épaules pleines de force demeuraient immobiles, et l'on sentait là une profonde réserve.

Le radio pensa qu'après tout le pilote était responsable. Et maintenant il savourait, entraîné en croupe dans ce galop vers l'incendie, ce que cette forme sombre, là, devant lui, exprimait de matériel et de pesant, ce qu'elle exprimait de durable.

À gauche, faible comme un phare à éclipse, un foyer nouveau s'éclaira.

Le radio amorça un geste pour toucher l'épaule de Fabien, le prévenir, mais il le vit tourner lentement la tête, et tenir son visage, quelques secondes, face à ce nouvel ennemi, puis, lentement, reprendre sa position primitive. Ces épaules toujours immobiles, cette nuque appuyée au cuir.

8

Rivière était sorti pour marcher un peu et tromper le malaise qui le reprenait, et lui, qui ne vivait que pour l'action, une action dramatique, sentait bizarrement le drame se déplacer, devenir personnel. Il pensa qu'autour de leur kiosque à musique les petits-bourgeois des petites villes vivaient une vie d'apparence silencieuse, mais quelquefois lourde aussi de drames : la maladie, l'amour, les deuils, et que peut-être... Son propre mal lui enseignait beaucoup de choses : « Cela ouvre certaines fenêtres », pensait-il.

Puis, vers onze heures du soir, respirant mieux, il s'achemina dans la direction du bureau. Il divisait lentement, des épaules, la foule qui stagnait devant la bouche des cinémas. Il leva les yeux vers les étoiles, qui luisaient sur la route étroite, presque effacées par les affiches lumineuses, et pensa : « Ce soir avec mes deux courriers en vol, je suis responsable d'un ciel entier. Cette étoile est un signe, qui me cherche dans cette foule, et qui me trouve : c'est pourquoi je me sens un peu étranger, un peu solitaire. »

Une phrase musicale lui revint : quelques notes d'une sonate qu'il écoutait hier avec des amis. Ses amis n'avaient pas compris : « Cet art-là nous ennuie et vous ennuie, seulement vous ne l'avouez pas. »

— Peut-être..., avait-il répondu.

Chapitre 8

Il s'était, comme ce soir, senti solitaire, mais bien vite avait découvert la richesse d'une telle solitude. Le message de cette musique venait à lui, à lui seul parmi les médiocres, avec la douceur d'un secret. Ainsi le signe de l'étoile. On lui parlait, par-dessus tant d'épaules, un langage qu'il entendait seul.

Sur le trottoir on le bousculait; il pensa encore: « Je ne me fâcherai pas. Je suis semblable au père d'un enfant malade, qui marche dans la foule à petits pas. Il porte en lui le grand silence de sa maison. »

Il leva les yeux sur les hommes. Il cherchait à reconnaître ceux d'entre eux qui promenaient à petits pas leur invention ou leur amour, et il songeait à l'isolement des gardiens de phares.

Le silence des bureaux lui plut. Il les traversait lentement, l'un après l'autre, et son pas sonnait seul. Les machines à écrire dormaient sous les housses. Sur les dossiers en ordre les grandes armoires étaient fermées. Dix années d'expérience et de travail. L'idée lui vint qu'il visitait les caves d'une banque; là où pèsent les richesses. Il pensait que chacun de ces registres accumulait mieux que de l'or: une force vivante. Une force vivante mais endormie, comme l'or des banques.

Quelque part il rencontrerait l'unique secrétaire de veille. Un homme travaillait quelque part pour que la vie soit continue, pour que la volonté soit continue, et ainsi, d'escale en escale, pour que jamais, de Toulouse à Buenos Aires, ne se rompe la chaîne.

« Cet homme-là ne sait pas sa grandeur. »

Les courriers quelque part luttaient. Le vol de nuit durait comme une maladie: il fallait veiller. Il fallait assister ces hommes qui, des mains et des genoux, poitrine contre poitrine, affrontaient l'ombre, et qui ne connaissaient plus, ne connaissaient plus rien que des choses mouvantes, invisibles, dont il fallait, à la force des bras aveugles, se tirer comme d'une mer. Quels aveux terribles quelquefois : « J'ai éclairé mes mains pour les voir... » Velours des mains révélé seul dans ce bain rouge de photographe. Ce qu'il reste du monde, et qu'il faut sauver.

Rivière poussa la porte du bureau de l'exploitation. Une seule lampe allumée créait dans un angle une plage claire. Le cliquetis d'une seule machine à écrire donnait un sens à ce silence, sans le combler. La sonnerie du téléphone tremblait parfois ; alors le secrétaire de garde se levait, et marchait vers cet appel répété, obstiné, triste. Le secrétaire de garde décrochait l'écouteur et l'angoisse invisible se calmait : c'était une conversation très douce dans un coin d'ombre. Puis, impassible, l'homme revenait à son bureau, le visage fermé par la solitude et le sommeil, sur un secret indéchiffrable. Quelle menace apporte un appel, qui vient de la nuit du dehors, lorsque deux courriers sont en vol ? Rivière pensait aux télégrammes qui touchent les familles sous les lampes du soir, puis au malheur qui, pendant des secondes presque éternelles, reste un secret dans le visage du père. Onde d'abord sans force, si loin du cri jeté, si calme. Et, chaque fois, il entendait son faible écho dans cette sonnerie discrète. Et, chaque fois, les mouvements de l'homme, que la solitude faisait lent comme un nageur entre deux eaux, revenant de l'ombre vers sa lampe, comme un plongeur remonte, lui paraissaient lourds de secrets.

— Restez. J'y vais.

Rivière décrocha l'écouteur, reçut le bourdonnement du monde.

— Ici, Rivière.

Un faible tumulte, puis une voix :

— Je vous passe le poste radio.

Chapitre 8

Un nouveau tumulte, celui des fiches dans le standard, puis une autre voix :

— Ici, le poste radio. Nous vous communiquons les télégrammes.

Rivière les notait et hochait la tête :

— Bien... Bien...

Rien d'important. Des messages réguliers de service. Rio de Janeiro demandait un renseignement, Montevideo parlait du temps, et Mendoza de matériel. C'étaient les bruits familiers de la maison.

— Et les courriers ?

— Le temps est orageux. Nous n'entendons pas les avions.

— Bien.

Rivière songea que la nuit ici était pure, les étoiles luisantes, mais les radiotélégraphistes découvraient en elle le souffle de lointains orages.

— À tout à l'heure.

Rivière se levait, le secrétaire l'aborda :

— Les notes de service, pour la signature, monsieur...

— Bien.

Rivière se découvrait une grande amitié pour cet homme, que chargeait aussi le poids de la nuit. « Un camarade de combat, pensait Rivière. Il ne saura sans doute jamais combien cette veille nous unit. »

9

Comme, une liasse de papiers dans les mains, il rejoignait son bureau personnel, Rivière ressentit cette vive douleur au côté droit, qui, depuis quelques semaines, le tourmentait.

« Ça ne va pas... »

Il s'appuya une seconde contre le mur :

« C'est ridicule. »

Puis il atteignit son fauteuil.

Il se sentait, une fois de plus, ligoté comme un vieux lion, et une grande tristesse l'envahit.

« Tant de travail pour aboutir à ça ! J'ai cinquante ans ; cinquante ans j'ai rempli ma vie, je me suis formé, j'ai lutté, j'ai changé le cours des événements et voilà maintenant ce qui m'occupe et me remplit, et passe le monde en importance... C'est ridicule. »

Il attendit, essuya un peu de sueur, et, quand il fut délivré, travailla.

Il compulsait lentement les notes.

« Nous avons constaté à Buenos Aires, au cours du démontage du moteur 301... nous infligerons une sanction grave au responsable. »

Il signa.

« L'escale de Florianopolis n'ayant pas observé les instructions... »

Chapitre 9

Il signa.

« Nous déplacerons par mesure disciplinaire le chef d'aéroplace Richard qui... »

Il signa.

Puis, comme cette douleur au côté, engourdie, mais présente en lui et nouvelle comme un sens nouveau de la vie, l'obligeait à penser à soi, il fut presque amer.

« Suis-je juste ou injuste ? Je l'ignore. Si je frappe, les pannes diminuent. Le responsable, ce n'est pas l'homme, c'est comme une puissance obscure que l'on ne touche jamais, si l'on ne touche pas tout le monde. Si j'étais très juste, un vol de nuit serait chaque fois une chance de mort. »

Il lui vint une certaine lassitude d'avoir tracé si durement cette route. Il pensa que la pitié est bonne. Il feuilletait toujours les notes, absorbé dans son rêve.

« ... quant à Roblet, à partir d'aujourd'hui, il ne fait plus partie de notre personnel. »

Il revit ce vieux bonhomme et la conversation du soir :

— Un exemple, que voulez-vous, c'est un exemple.

— Mais Monsieur... mais Monsieur.

Une fois, une seule, pensez donc ! et j'ai travaillé toute ma vie !

— Il faut un exemple.

— Mais Monsieur !... Regardez, Monsieur !

Alors ce portefeuille usé et cette vieille feuille de journal où Roblet jeune pose debout près d'un avion.

Rivière voyait les vieilles mains trembler sur cette gloire naïve.

— Ça date de 1910, Monsieur... C'est moi qui ai fait le montage, ici, du premier avion d'Argentine ! L'aviation depuis 1910... Monsieur, ça fait vingt ans ! Alors, comment pouvez-vous dire... Et les jeunes, Monsieur, comme ils vont rire à l'atelier !... Ah ! Ils vont bien rire !

— Ça, ça m'est égal.
— Et mes enfants, Monsieur, j'ai des enfants !
— Je vous ai dit : je vous offre une place de manœuvre.
— Ma dignité, Monsieur, ma dignité ! Voyons, Monsieur, vingt ans d'aviation, un vieil ouvrier comme moi...
— De manœuvre.
— Je refuse, Monsieur, je refuse !

Et les vieilles mains tremblaient, et Rivière détournait les yeux de cette peau fripée, épaisse et belle.

— De manœuvre.
— Non, Monsieur, non... Je veux vous dire encore...
— Vous pouvez vous retirer.

Rivière pensa : « Ce n'est pas lui que j'ai congédié ainsi, brutalement, c'est le mal dont il n'était pas responsable, peut-être, mais qui passait par lui.

« Parce que les événements, on les commande, pensait Rivière, et ils obéissent, et on crée. Et les hommes sont de pauvres choses, et on les crée aussi. Ou bien on les écarte lorsque le mal passe par eux. »

« Je vais vous dire encore... » Que voulait-il dire ce pauvre vieux ? Qu'on lui arrachait ses vieilles joies ? Qu'il aimait le son des outils sur l'acier des avions, qu'on privait sa vie d'une grande poésie, et puis... qu'il faut vivre ?

« Je suis très las », pensait Rivière. La fièvre montait en lui, caressante. Il tapotait la feuille et pensait : « J'aimais bien le visage de ce vieux compagnon... » Et Rivière revoyait ces mains. Il pensait à ce faible mouvement qu'elles ébaucheraient pour se joindre. Il suffirait de dire : « Ça va. Ça va. Restez. » Rivière rêvait au ruissellement de joie qui descendrait dans ces vieilles mains. Et cette joie que diraient, qu'allaient dire, non ce visage, mais ces vieilles mains d'ouvrier, lui parut la chose la plus belle du monde. « Je vais déchirer cette note ? » Et la famille du vieux, et cette rentrée le soir, et ce modeste orgueil :

«Alors, on te garde?

— Voyons! Voyons! C'est moi qui ai fait le montage du premier avion d'Argentine!»

Et les jeunes qui ne riraient plus, ce prestige reconquis par l'ancien...

«Je déchire?»

Le téléphone sonnait, Rivière le décrocha.

Un temps long, puis cette résonance, cette profondeur qu'apportaient le vent, l'espace aux voix humaines. Enfin on parla:

— Ici, le terrain. Qui est là?

— Rivière.

— Monsieur le Directeur, le 650 est en piste.

— Bien.

— Enfin, tout est prêt, mais nous avons dû, en dernière heure, refaire le circuit électrique, les connexions étaient défectueuses.

— Bien. Qui a monté le circuit?

— Nous vérifierons. Si vous le permettez, nous prendrons des sanctions: une panne de lumière de bord, ça peut être grave!

— Bien sûr.

Rivière pensait: «Si l'on n'arrache pas le mal, quand on le rencontre, où qu'il soit, il y a des pannes de lumière: c'est un crime de le manquer quand par hasard il découvre ses instruments: Roblet partira.»

Le secrétaire, qui n'a rien vu, tape toujours.

— C'est?

— La comptabilité de quinzaine.

— Pourquoi pas prête?

— Je...

— On verra ça.

«C'est curieux comme les événements prennent le dessus, comme se révèle une grande force obscure, la même qui soulève les forêts vierges, qui croît, qui force, qui sourd de partout autour des grandes œuvres. » Rivière pensait à ces temples que de petites lianes font crouler.

« Une grande œuvre... »

Il pensa encore pour se rassurer : « Tous ces hommes, je les aime, mais ce n'est pas eux que je combats. C'est ce qui passe par eux... »

Son cœur battait des coups rapides, qui le faisaient souffrir.

« Je ne sais pas si ce que j'ai fait est bon. Je ne sais pas l'exacte valeur de la vie humaine, ni de la justice, ni du chagrin. Je ne sais pas exactement ce que vaut la joie d'un homme. Ni une main qui tremble. Ni la pitié, ni la douceur... »

Il rêva :

« La vie se contredit tant, on se débrouille comme on peut avec la vie... Mais durer, mais créer, échanger son corps périssable... »

Rivière réfléchit, puis sonna.

— Téléphonez au pilote du courrier d'Europe. Qu'il vienne me voir avant de partir.

Il pensait :

« Il ne faut pas que ce courrier fasse inutilement demi-tour. Si je ne secoue pas mes hommes, la nuit toujours les inquiétera. »

10

La femme du pilote, réveillée par le téléphone, regarda son mari et pensa :
— Je le laisse dormir encore un peu.
Elle admirait cette poitrine nue, bien carénée, elle pensait à un beau navire.
Il reposait dans ce lit calme, comme dans un port, et, pour que rien n'agitât son sommeil, elle effaçait du doigt ce pli, cette ombre, cette houle, elle apaisait ce lit, comme, d'un doigt divin, la mer.
Elle se leva, ouvrit la fenêtre, et reçut le vent dans le visage. Cette chambre dominait Buenos Aires. Une maison voisine, où l'on dansait, répandait quelques mélodies, qu'apportait le vent, car c'était l'heure des plaisirs et du repos. Cette ville serrait les hommes dans ses cent mille forteresses ; tout était calme et sûr ; mais il semblait à cette femme que l'on allait crier « Aux armes ! » et qu'un seul homme, le sien, se dresserait. Il reposait encore, mais son repos était le repos redoutable des réserves qui vont donner. Cette ville endormie ne le protégeait pas : ses lumières lui sembleraient vaines, lorsqu'il se lèverait, jeune dieu, de leur poussière. Elle regardait ces bras solides qui, dans une heure, porteraient le sort du courrier d'Europe, responsables de quelque chose de grand, comme du sort d'une

ville. Et elle fut troublée. Cet homme, au milieu de ces millions d'hommes, était préparé seul pour cet étrange sacrifice. Elle en eut du chagrin. Il échappait aussi à sa douceur. Elle l'avait nourri, veillé et caressé, non pour elle-même, mais pour cette nuit qui allait le prendre. Pour des luttes, pour des angoisses, pour des victoires, dont elle ne connaîtrait rien. Ces mains tendres n'étaient qu'apprivoisées, et leurs vrais travaux étaient obscurs. Elle connaissait les sourires de cet homme, ses précautions d'amant, mais non, dans l'orage, ses divines colères. Elle le chargeait de tendres liens : de musique, d'amour, de fleurs ; mais, à l'heure de chaque départ, ces liens, sans qu'il en parût souffrir, tombaient.

Il ouvrit les yeux.

— Quelle heure est-il ?

— Minuit.

— Quel temps fait-il ?

— Je ne sais pas...

Il se leva. Il marchait lentement vers la fenêtre en s'étirant.

— Je n'aurai pas très froid. Quelle est la direction du vent ?

— Comment veux-tu que je sache...

Il se pencha :

— Sud. C'est très bien. Ça tient au moins jusqu'au Brésil.

Il remarqua la lune et se connut riche. Puis ses yeux descendirent sur la ville.

Il ne la jugea ni douce, ni lumineuse, ni chaude. Il voyait déjà s'écouler le sable vain de ses lumières.

— À quoi penses-tu ?

Il pensait à la brume possible du côté de Porto Alegre.

— J'ai ma tactique. Je sais par où faire le tour.

Il s'inclinait toujours. Il respirait profondément, comme avant de se jeter, nu, dans la mer.

Chapitre 10

— Tu n'es même pas triste... Pour combien de jours t'en vas-tu ?

Huit, dix jours. Il ne savait pas. Triste, non ; pourquoi ? Ces plaines, ces villes, ces montagnes... Il partait libre, lui semblait-il, à leur conquête. Il pensait aussi qu'avant une heure il posséderait et rejetterait Buenos Aires.

Il sourit :

— Cette ville... j'en serai si vite loin. C'est beau de partir la nuit. On tire sur la manette des gaz, face au Sud, et dix secondes plus tard on renverse le paysage, face au Nord. La ville n'est plus qu'un fond de mer.

Elle pensait à tout ce qu'il faut rejeter pour conquérir.

— Tu n'aimes pas ta maison ?

— J'aime ma maison...

Mais déjà sa femme le sentait en marche. Ces larges épaules pesaient déjà contre le ciel.

Elle le lui montra.

— Tu as beau temps, ta route est pavée d'étoiles.

Il rit :

— Oui.

Elle posa la main sur cette épaule et s'émut de la sentir tiède : cette chair était donc menacée ?...

— Tu es très fort, mais sois prudent !

— Prudent, bien sûr...

Il rit encore.

Il s'habillait. Pour cette fête, il choisissait les étoffes les plus rudes, les cuirs les plus lourds, il s'habillait comme un paysan. Plus il devenait lourd, plus elle l'admirait. Elle-même bouclait cette ceinture, tirait ces bottes.

— Ces bottes me gênent.

— Voilà les autres.

— Cherche-moi un cordon pour ma lampe de secours.

Elle le regardait. Elle réparait elle-même le dernier défaut dans l'armure : tout s'ajustait bien.

— Tu es très beau.
Elle l'aperçut qui se peignait soigneusement.
— C'est pour les étoiles ?
— C'est pour ne pas me sentir vieux.
— Je suis jalouse...

Il rit encore, et l'embrassa, et la serra contre ses pesants vêtements. Puis il la souleva à bras tendus, comme on soulève une petite fille et, riant toujours, la coucha :
— Dors !

Et, fermant la porte derrière lui, il fit dans la rue, au milieu de l'inconnaissable peuple nocturne, le premier pas de sa conquête.

Elle restait là. Elle regardait, triste, ces fleurs, ces livres, cette douceur, qui n'étaient pour lui qu'un fond de mer.

11

Rivière le reçoit :

— Vous m'avez fait une blague, à votre dernier courrier. Vous m'avez fait demi-tour quand les météos étaient bonnes : vous pouviez passer. Vous avez eu peur ?

Le pilote surpris se tait. Il frotte l'une contre l'autre, lentement, ses mains. Puis il redresse la tête, et regarde Rivière bien en face :

— Oui.

Rivière a pitié, au fond de lui-même, de ce garçon si courageux qui a eu peur. Le pilote tente de s'excuser.

— Je ne voyais plus rien. Bien sûr, plus loin... peut-être... la T.S.F. disait... Mais ma lampe de bord a faibli, et je ne voyais plus mes mains. J'ai voulu allumer ma lampe de position pour au moins voir l'aile : je n'ai rien vu. Je me sentais au fond d'un grand trou dont il était difficile de remonter. Alors mon moteur s'est mis à vibrer.

— Non.

— Non ?

— Non. Nous l'avons examiné depuis. Il est parfait. Mais on croit toujours qu'un moteur vibre quand on a peur.

— Qui n'aurait pas eu peur ! Les montagnes me dominaient. Quand j'ai voulu prendre de l'altitude, j'ai rencontré de forts remous. Vous savez quand on ne voit rien... les remous... Au lieu de monter j'ai perdu cent mètres. Je ne voyais même plus le gyroscope, même plus les manomètres. Il me semblait que mon moteur baissait de régime, qu'il chauffait, que la pression d'huile tombait... Tout ça dans l'ombre, comme une maladie. J'ai été bien content de revoir une ville éclairée.

— Vous avez trop d'imagination. Allez.

Et le pilote sort.

Rivière s'enfonce dans son fauteuil et passe la main dans ses cheveux gris.

« C'est le plus courageux de mes hommes. Ce qu'il a réussi ce soir-là est très beau, mais je le sauve de la peur... »

Puis, comme une tentation de faiblesse lui revenait :

« Pour se faire aimer, il suffit de plaindre. Je ne plains guère ou je le cache. J'aimerais bien pourtant m'entourer de l'amitié et de la douceur humaines. Un médecin, dans son métier, les rencontre. Mais ce sont les événements que je sers. Il faut que je forge les hommes pour qu'ils les servent. Comme je la sens bien cette loi obscure, le soir, dans mon bureau, devant les feuilles de route. Si je me laisse aller, si je laisse les événements bien réglés suivre leur cours, alors, mystérieux, naissent les incidents. Comme si ma volonté seule empêchait l'avion de se rompre en vol, ou la tempête de retarder le courrier en marche. Je suis surpris, parfois, de mon pouvoir. »

Il réfléchit encore :

« C'est peut-être clair. Ainsi la lutte perpétuelle du jardinier sur sa pelouse. Le poids de sa simple main repousse dans la terre, qui la prépare éternellement, la forêt primitive. »

Il pense au pilote :

« Je le sauve de la peur. Ce n'est pas lui que j'attaquais,

c'est, à travers lui, cette résistance qui paralyse les hommes devant l'inconnu. Si je l'écoute, si je le plains, si je prends au sérieux son aventure, il croira revenir d'un pays de mystère, et c'est du mystère seul que l'on a peur. Il faut que les hommes soient descendus dans ce puits sombre, et en remontent, et disent qu'ils n'ont rien rencontré. Il faut que cet homme descende au cœur le plus intime de la nuit, dans son épaisseur, et sans même cette petite lampe de mineur, qui n'éclaire que les mains ou l'aile, mais écarte d'une largeur d'épaules l'inconnu. »

Pourtant, dans cette lutte, une silencieuse fraternité liait, au fond d'eux-mêmes, Rivière et ses pilotes. C'étaient des hommes du même bord, qui éprouvaient le même désir de vaincre. Mais Rivière se souvient des autres batailles qu'il a livrées pour la conquête de la nuit.

On redoutait, dans les cercles officiels, comme une brousse inexplorée, ce territoire sombre. Lancer un équipage, à deux cents kilomètres à l'heure, vers les orages et les brumes et les obstacles matériels que la nuit contient sans les montrer, leur paraissait une aventure tolérable pour l'aviation militaire : on quitte un terrain par nuit claire, on bombarde, on revient au même terrain. Mais les services réguliers échoueraient la nuit. « C'est pour nous, avait répliqué Rivière, une question de vie ou de mort, puisque nous perdons, chaque nuit, l'avance gagnée, pendant le jour, sur les chemins de fer et les navires. »

Rivière avait écouté, avec ennui, parler de bilans, d'assurances, et surtout d'opinion publique : « L'opinion publique... ripostait-il, on la gouverne ! » Il pensait : « Que de temps perdu ! Il y a quelque chose... quelque chose qui prime tout cela. Ce qui est vivant bouscule tout pour vivre et crée, pour vivre, ses propres lois. C'est irrésistible. » Rivière ne savait pas quand ni comment l'aviation commerciale aborderait les vols de nuit, mais il fallait préparer cette solution inévitable.

Il se souvient des tapis verts, devant lesquels, le menton au poing, il avait écouté, avec un étrange sentiment de force, tant d'objections. Elles lui semblaient vaines, condamnées d'avance par la vie. Et il sentait sa propre force ramassée en lui comme un poids : « Mes raisons pèsent, je vaincrai, pensait Rivière. C'est la pente naturelle des événements. » Quand on lui réclamait des solutions parfaites, qui écarteraient tous les risques : « C'est l'expérience qui dégagera les lois, répondait-il, la connaissance des lois ne précède jamais l'expérience. »

Après une longue année de lutte, Rivière l'avait emporté. Les uns disaient : « à cause de sa foi », les autres : « à cause de sa ténacité, de sa puissance d'ours en marche », mais selon lui, plus simplement, parce qu'il pesait dans la bonne direction.

Mais quelles précautions au début ! Les avions ne partaient qu'une heure avant le jour, n'atterrissaient qu'une heure après le coucher du soleil. Quand Rivière se jugea plus sûr de son expérience, alors seulement il osa pousser les courriers dans les profondeurs de la nuit. À peine suivi, presque désavoué, il menait maintenant une lutte solitaire.

Rivière sonne pour connaître les derniers messages des avions en vol.

12

Cependant, le courrier de Patagonie abordait l'orage, et Fabien renonçait à le contourner. Il l'estimait trop étendu, car la ligne d'éclairs s'enfonçait vers l'intérieur du pays et révélait des forteresses de nuages. Il tenterait de passer par-dessous, et, si l'affaire se présentait mal, se résoudrait au demi-tour.

Il lut son altitude : mille sept cents mètres. Il pesa des paumes sur les commandes pour commencer à la réduire. Le moteur vibra très fort et l'avion trembla. Fabien corrigea, au jugé, l'angle de descente, puis, sur sa carte, vérifia la hauteur des collines : cinq cents mètres. Pour se conserver une marge, il naviguerait vers sept cents.

Il sacrifiait son altitude comme on joue une fortune.

Un remous fit plonger l'avion, qui trembla plus fort. Fabien se sentit menacé par d'invisibles éboulements. Il rêva qu'il faisait demi-tour et retrouvait cent mille étoiles, mais il ne vira pas d'un degré.

Fabien calculait ses chances : il s'agissait d'un orage local, probablement, puisque Trelew, la prochaine escale, signalait un ciel trois quarts couvert. Il s'agissait de vivre vingt minutes à peine dans ce béton noir. Et pourtant le pilote s'inquiétait. Penché à gauche contre la masse du vent, il essayait d'interpréter les lueurs confuses qui, par les nuits les plus épaisses, circulent encore. Mais ce n'étaient même plus des lueurs. À peine des changements de densité, dans l'épaisseur des ombres, ou une fatigue des yeux.

Il déplia un papier du radio :

« Où sommes-nous ? »

Fabien eût donné cher pour le savoir. Il répondit : « Je ne sais pas. Nous traversons, à la boussole, un orage. »

Il se pencha encore. Il était gêné par la flamme de l'échappement, accrochée au moteur comme un bouquet de feu, si pâle que le clair de lune l'eût éteinte, mais qui, dans ce néant, absorbait le monde visible. Il la regarda. Elle était tressée drue par le vent, comme la flamme d'une torche.

Chaque trente secondes, pour vérifier le gyroscope et le compas, Fabien plongeait sa tête dans la carlingue. Il n'osait plus allumer les faibles lampes rouges, qui l'éblouissaient pour longtemps, mais tous les instruments aux chiffres de radium versaient une clarté pâle d'astres. Là, au milieu d'aiguilles et de chiffres, le pilote éprouvait une sécurité trompeuse : celle de la cabine du navire sur laquelle passe le flot. La nuit, et tout ce qu'elle portait de rocs, d'épaves, de collines, coulait aussi contre l'avion avec la même étonnante fatalité.

« Où sommes-nous ? » lui répétait l'opérateur.

Fabien émergeait de nouveau, et reprenait, appuyé à gauche, sa veille terrible. Il ne savait plus combien de temps, combien d'efforts le délivreraient de ses liens sombres. Il doutait presque d'en être jamais délivré, car il jouait sa vie sur ce petit papier, sale et chiffonné, qu'il avait déplié et lu mille fois, pour bien nourrir son espérance : « Trelew : ciel trois quarts couvert, vent Ouest faible. » Si Trelew était trois quarts couvert, on apercevrait ses lumières dans la déchirure des nuages. À moins que...

La pâle clarté promise plus loin l'engageait à poursuivre ; pourtant, comme il doutait, il griffonna pour le radio :

«J'ignore si je pourrai passer. Sachez-moi s'il fait toujours beau en arrière.»

La réponse le consterna:

«Commodoro signale: Retour ici impossible. Tempête.»

Il commençait à deviner l'offensive insolite qui, de la Cordillère des Andes, se rabattait vers la mer. Avant qu'il eût pu les atteindre, le cyclone raflerait les villes.

«Demandez le temps de San Antonio...

— San Antonio a répondu: "Vent Ouest se lève et tempête à l'Ouest. Ciel quatre quarts couvert." San Antonio entend très mal à cause des parasites. J'entends mal aussi. Je crois être obligé de remonter bientôt l'antenne à cause des décharges. Ferez-vous demi-tour? Quels sont vos projets?

— Foutez-moi la paix. Demandez le temps de Bahia Blanca...»

«Bahia Blanca a répondu: "Prévoyons avant vingt minutes violent orage Ouest sur Bahia Blanca."

— Demandez le temps de Trelew.»

«Trelew a répondu: Ouragan trente mètres seconde Ouest et rafales de pluie.»

— Communiquez à Buenos Aires: «Sommes bouchés de tous les côtés, tempête se développe sur mille kilomètres, ne voyons plus rien. Que devons-nous faire?»

Pour le pilote, cette nuit était sans rivage puisqu'elle ne conduisait ni vers un port (ils semblaient tous inaccessibles) ni vers l'aube: l'essence manquerait dans une heure quarante. Puisque l'on serait obligé, tôt ou tard, de couler en aveugle, dans cette épaisseur.

S'il avait pu gagner le jour…

Fabien pensait à l'aube comme à une plage de sable doré où l'on se serait échoué après cette nuit dure. Sous l'avion menacé serait né le rivage des plaines. La terre tranquille aurait porté ses fermes endormies et ses troupeaux et ses collines. Toutes les épaves qui roulaient dans l'ombre seraient devenues inoffensives. S'il pouvait, comme il nagerait vers le jour !

Il pensa qu'il était cerné. Tout se résoudrait, bien ou mal, dans cette épaisseur.

C'est vrai. Il a cru quelquefois, quand montait le jour, entrer en convalescence.

Mais à quoi bon fixer les yeux sur l'Est, où vivait le soleil : il y avait entre eux une telle profondeur de nuit qu'on ne la remonterait pas.

13

— Le courrier d'Asuncion marche bien. Nous l'aurons vers deux heures. Nous prévoyons par contre un retard important du courrier de Patagonie qui paraît en difficulté.

— Bien, monsieur Rivière.

— Il est possible que nous ne l'attendions pas pour faire décoller l'avion d'Europe: dès l'arrivée d'Asuncion, vous nous demanderez des instructions. Tenez-vous prêt.

Rivière relisait maintenant les télégrammes de protection des escales du Nord. Ils ouvraient au courrier d'Europe une route de lune: «Ciel pur, pleine lune, vent nul.» Les montagnes du Brésil, bien découpées sur le rayonnement du ciel, plongeaient droit, dans les remous d'argent de la mer, leur chevelure serrée de forêts noires. Ces forêts sur lesquelles pleuvent, inlassablement, sans les colorer, les rayons de lune. Et noires aussi comme des épaves, en mer, les îles. Et cette lune, sur toute la route, inépuisable: une fontaine de lumière.

Si Rivière ordonnait le départ, l'équipage du courrier d'Europe entrerait dans un monde stable qui, pour toute la nuit, luisait doucement. Un monde où rien ne menaçait l'équilibre des masses d'ombres et de lumière. Où ne s'infiltrait même pas la caresse de ces vents purs, qui, s'ils fraîchissent, peuvent gâter en quelques heures un ciel entier.

Mais Rivière hésitait, en face de ce rayonnement, comme un prospecteur en face de champs d'or interdits. Les événements, dans le Sud, donnaient tort à Rivière, seul défenseur des vols de nuit. Ses adversaires tireraient d'un désastre en Patagonie une position morale si forte, que peut-être la foi de Rivière resterait désormais impuissante ; car la foi de Rivière n'était pas ébranlée : une fissure dans son œuvre avait permis le drame, mais le drame montrait la fissure, il ne prouvait rien d'autre. « Peut-être des postes d'observation sont-ils nécessaires à l'Ouest... On verra ça. » Il pensait encore : « J'ai les mêmes raisons solides d'insister, et une cause de moins d'accident possible : celle qui s'est montrée. » Les échecs fortifient les forts. Malheureusement, contre les hommes on joue un jeu où compte si peu le vrai sens des choses. L'on gagne ou l'on perd sur des apparences, on marque des points misérables. Et l'on se trouve ligoté par une apparence de défaite.

Rivière sonna.

— Bahia Blanca ne nous communique toujours rien par T.S.F. ?

— Non.

— Appelez-moi l'escale au téléphone.

Cinq minutes plus tard, il s'informait :

— Pourquoi ne nous passez-vous rien ?

— Nous n'entendons pas le courrier.

— Il se tait ?

— Nous ne savons pas. Trop d'orages. Même s'il manipulait nous n'entendrions pas.

— Trelew entend-il ?

— Nous n'entendons pas Trelew.

— Téléphonez.

— Nous avons essayé : la ligne est coupée.

— Quel temps chez vous ?

— Menaçant. Des éclairs à l'Ouest et au Sud. Très lourd.

Chapitre 13

— Du vent ?
— Faible encore, mais pour dix minutes. Les éclairs se rapprochent vite.
Un silence.
— Bahia Blanca ? Vous écoutez ? Bon. Rappelez-nous dans dix minutes.

Et Rivière feuilleta les télégrammes des escales Sud. Toutes signalaient le même silence de l'avion. Quelques-unes ne répondaient plus à Buenos Aires, et, sur la carte, s'agrandissait la tache des provinces muettes, où les petites villes subissaient déjà le cyclone, toutes portes closes, et chaque maison de leurs rues sans lumière aussi retranchée du monde et perdue dans la nuit qu'un navire. L'aube seule les délivrerait.

Pourtant Rivière, incliné sur la carte, conservait encore l'espoir de découvrir un refuge de ciel pur, car il avait demandé, par télégrammes, l'état du ciel à la police de plus de trente villes de province, et les réponses commençaient à lui parvenir. Sur deux mille kilomètres, les postes radio avaient ordre, si l'un d'eux accrochait un appel de l'avion, d'avertir dans les trente secondes Buenos Aires, qui lui communiquerait, pour la faire transmettre à Fabien, la position du refuge.

Les secrétaires, convoqués pour une heure du matin, avaient regagné leurs bureaux. Ils apprenaient là, mystérieusement, que, peut-être, on suspendrait les vols de nuit, et que le courrier d'Europe lui-même ne décollerait plus qu'au jour. Ils parlaient à voix basse de Fabien, du cyclone, de Rivière surtout. Ils le devinaient là, tout proche, écrasé peu à peu par ce démenti naturel.

Mais toutes les voix s'éteignirent : Rivière, à sa porte, venait d'apparaître, serré dans son manteau, le chapeau toujours sur les yeux, éternel voyageur. Il fit un pas tranquille vers le chef de bureau :

— Il est une heure dix, les papiers du courrier d'Europe sont-ils en règle ?

— Je... j'ai cru...

— Vous n'avez pas à croire, mais à exécuter.

Il fit demi-tour, lentement, vers une fenêtre ouverte, les mains croisées derrière le dos.

Un secrétaire le rejoignit :

— Monsieur le directeur, nous obtiendrons peu de réponses. On nous signale que dans l'intérieur, beaucoup de lignes télégraphiques sont déjà détruites...

— Bien.

Rivière, immobile, regardait la nuit.

Ainsi, chaque message menaçait le courrier. Chaque ville, quand elle pouvait répondre, avant la destruction des lignes, signalait la marche du cyclone, comme celle d'une invasion. « Ça vient de l'intérieur, de la Cordillère, ça balaie toute la route, vers la mer... »

Rivière jugeait les étoiles trop luisantes, l'air trop humide. Quelle nuit étrange ! Elle se gâtait brusquement par plaques, comme la chair d'un fruit lumineux. Les étoiles au grand complet dominaient encore Buenos Aires, mais ce n'était là qu'une oasis, et d'un instant. Un port, d'ailleurs, hors du rayon d'action de l'équipage. Nuit menaçante qu'un vent mauvais touchait et pourrissait. Nuit difficile à vaincre.

Un avion, quelque part, était en péril dans ses profondeurs : on s'agitait, impuissant, sur le bord.

14

La femme de Fabien téléphona.

La nuit de chaque retour elle calculait la marche du courrier de Patagonie : « Il décolle de Trelew… » Puis se rendormait. Un peu plus tard : « Il doit approcher de San Antonio, il doit voir ses lumières… » Alors elle se levait, écartait les rideaux, et jugeait le ciel : « Tous ces nuages le gênent… » Parfois la lune se promenait comme un berger. Alors la jeune femme se recouchait, rassurée par cette lune et ces étoiles, ces milliers de présences autour de son mari. Vers une heure, elle le sentait proche : « Il ne doit plus être bien loin, il doit voir Buenos Aires… » Alors, elle se levait encore, et lui préparait un repas, un café bien chaud : « Il fait si froid, là-haut… » Elle le recevait toujours, comme s'il descendait d'un sommet de neige : « Tu n'as pas froid ? — Mais non ! — Réchauffe-toi quand même… » Vers une heure et quart tout était prêt. Alors elle téléphonait.

Cette nuit, comme les autres, elle s'informa :

— Fabien a-t-il atterri ?

Le secrétaire qui l'écoutait se troubla un peu :

— Qui parle ?

— Simone Fabien.

— Ah ! une minute…

Le secrétaire, n'osant rien dire, passa l'écouteur au chef de bureau.

— Qui est là?
— Simone Fabien.
— Ah!... que désirez-vous, Madame?
— Mon mari a-t-il atterri?

Il y eut un silence qui dut paraître inexplicable, puis on répondit simplement:

— Non.
— Il a du retard?
— Oui...

Il y eut un nouveau silence.

— Oui... du retard.
— Ah!...

C'était un «Ah!» de chair blessée. Un retard ce n'est rien... ce n'est rien... mais quand il se prolonge...

— Ah!... Et à quelle heure sera-t-il ici?
— À quelle heure il sera ici? Nous... Nous ne savons pas.

Elle se heurtait maintenant à un mur. Elle n'obtenait que l'écho même de ses questions.

— Je vous en prie, répondez-moi! Où se trouve-t-il?...
— Où il se trouve? Attendez...

Cette inertie lui faisait mal. Il se passait quelque chose, là, derrière ce mur.

On se décida:

— Il a décollé de Commodoro à dix-neuf heures trente.
— Et depuis?
— Depuis?... Très retardé... Très retardé par le mauvais temps...
— Ah! Le mauvais temps...

Quelle injustice, quelle fourberie dans cette lune étalée là, oisive, sur Buenos Aires! La jeune femme se rappela soudain qu'il fallait deux heures à peine pour se rendre de Commodoro à Trelew.

— Et il vole depuis six heures vers Trelew! Mais il vous envoie des messages! Mais que dit-il?...

— Ce qu'il nous dit? Naturellement par un temps pareil... vous comprenez bien... ses messages ne s'entendent pas.

— Un temps pareil!

— Alors, c'est convenu, Madame, nous vous téléphonons dès que nous savons quelque chose.

— Ah! vous ne savez rien...

— Au revoir, Madame...

— Non! non! Je veux parler au directeur!

— Monsieur le directeur est très occupé, Madame, il est en conférence...

— Ah! ça m'est égal! Ça m'est bien égal! Je veux lui parler!

Le chef de bureau s'épongea :

— Une minute...

Il poussa la porte de Rivière :

— C'est Mme Fabien qui veut vous parler.

«Voilà, pensa Rivière, voilà ce que je craignais.» Les éléments affectifs du drame commençaient à se montrer. Il pensa d'abord les récuser : les mères et les femmes n'entrent pas dans les salles d'opération. On fait taire l'émotion aussi sur les navires en danger. Elle n'aide pas à sauver les hommes. Il accepta pourtant :

— Branchez sur mon bureau.

Il écouta cette petite voix lointaine, tremblante, et tout de suite il sut qu'il ne pourrait pas lui répondre. Ce serait stérile, infiniment, pour tous les deux, de s'affronter.

— Madame, je vous en prie, calmez-vous! Il est si fréquent, dans notre métier, d'attendre longtemps des nouvelles.

Il était parvenu à cette frontière où se pose, non le problème d'une petite détresse particulière, mais celui-là même de l'action. En face de Rivière se dressait, non la femme de Fabien, mais un autre sens de la vie. Rivière ne pouvait qu'écouter, que plaindre cette petite voix, ce chant tellement triste, mais ennemi. Car ni l'action ni le bonheur individuel n'admettent le partage : ils sont en conflit. Cette femme parlait elle aussi au nom d'un monde absolu et de ses devoirs et de ses droits. Celui d'une clarté de lampe sur la table du soir, d'une chair qui réclamait sa chair, d'une patrie d'espoirs, de tendresses, de souvenirs. Elle exigeait son bien et elle avait raison. Et lui aussi, Rivière, avait raison, mais il ne pouvait rien opposer à la vérité de cette femme. Il découvrait sa propre vérité, à la lumière d'une humble lampe domestique, inexprimable et inhumaine.

— Madame...

Elle n'écoutait plus. Elle était retombée, presque à ses pieds, lui semblait-il, ayant usé ses faibles poings contre le mur.

Un ingénieur avait dit un jour à Rivière, comme ils se penchaient sur un blessé, auprès d'un pont en construction : « Ce pont vaut-il le prix d'un visage écrasé ? » Pas un des paysans, à qui cette route était ouverte, n'eût accepté, pour s'épargner un détour par le pont suivant, de mutiler ce visage effroyable. Et pourtant l'on bâtit des ponts. L'ingénieur avait ajouté : « L'intérêt général est formé des intérêts particuliers : il ne justifie rien de plus. » — « Et pourtant, lui avait répondu plus tard Rivière, si la vie humaine n'a pas de prix, nous agissons toujours comme si quelque chose dépassait, en valeur, la vie humaine... Mais quoi ? »

Et Rivière, songeant à l'équipage, eut le cœur serré. L'action, même celle de construire un pont, brise des bonheurs; Rivière ne pouvait plus ne pas se demander: «Au nom de quoi?»

«Ces hommes, pensait-il, qui vont peut-être disparaître, auraient pu vivre heureux.» Il voyait des visages penchés dans le sanctuaire d'or des lampes du soir. «Au nom de quoi les en ai-je tirés?» Au nom de quoi les a-t-il arrachés au bonheur individuel? La première loi n'est-elle pas de protéger ces bonheurs-là? Mais lui-même les brise. Et pourtant un jour, fatalement, s'évanouissent, comme des mirages, les sanctuaires d'or. La vieillesse et la mort les détruisent, plus impitoyables que lui-même. Il existe peut-être quelque chose d'autre à sauver et de plus durable; peut-être est-ce à sauver cette part-là de l'homme que Rivière travaille? Sinon l'action ne se justifie pas.

«Aimer, aimer seulement, quelle impasse!» Rivière eut l'obscur sentiment d'un devoir plus grand que celui d'aimer. Ou bien il s'agissait aussi d'une tendresse, mais si différente des autres. Une phrase lui revint: «Il s'agit de les rendre éternels...» Où avait-il lu cela? «Ce que vous poursuivez en vous-même meurt.» Il revit un temple au dieu du soleil des anciens Incas du Pérou. Ces pierres droites sur la montagne. Que resterait-il, sans elles, d'une civilisation puissante, qui pesait, du poids de ses pierres, sur l'homme d'aujourd'hui, comme un remords? «Au nom de quelle dureté, ou de quel étrange amour, le conducteur de peuples d'autrefois, contraignant ses foules à tirer ce temple sur la montagne, leur imposa-t-il donc de dresser leur éternité?» Rivière revit encore en songe les foules des petites villes, qui tournent le soir autour de leur kiosque à musique: «Cette sorte de bonheur, ce harnais...» pensa-t-il. Le conducteur de peuples d'autrefois, s'il n'eut peut-être pas pitié de la souffrance de l'homme, eut pitié, immensément, de sa mort. Non de sa mort individuelle, mais pitié de l'espèce qu'effacera la mer de sable. Et il menait son peuple dresser au moins des pierres, que n'ensevelirait pas le désert.

15

Ce papier plié en quatre le sauverait peut-être : Fabien le dépliait, les dents serrées.

« Impossible de s'entendre avec Buenos Aires. Je ne puis même plus manipuler, je reçois des étincelles dans les doigts. »

Fabien, irrité, voulut répondre, mais quand ses mains lâchèrent les commandes pour écrire, une sorte de houle puissante pénétra son corps : les remous le soulevaient, dans ses cinq tonnes de métal, et le basculaient. Il y renonça.

Ses mains, de nouveau, se fermèrent sur la houle et la réduisirent.

Fabien respira fortement. Si le radio remontait l'antenne par peur de l'orage, Fabien lui casserait la figure à l'arrivée. Il fallait, à tout prix, entrer en contact avec Buenos Aires, comme si, à plus de quinze cents kilomètres, on pouvait leur lancer une corde dans cet abîme. À défaut d'une tremblante lumière, d'une lampe d'auberge presque inutile, mais qui eût prouvé la terre comme un phare, il lui fallait au moins une voix, une seule, venue d'un monde qui déjà n'existait plus. Le pilote éleva et balança le poing dans sa lumière rouge, pour faire comprendre à l'autre, en arrière, cette tragique vérité, mais l'autre, penché sur l'espace dévasté, aux villes ensevelies, aux lumières mortes, ne la connut pas.

Fabien aurait suivi tous les conseils, pourvu qu'ils lui fussent criés. Il pensait : « Et si l'on me dit de tourner en rond, je tourne en rond, et si l'on me dit de marcher plein Sud… » Elles existaient quelque part ces terres en paix, douces sous leurs grandes ombres de lune. Ces camarades, là-bas, les connaissaient, instruits comme des savants, penchés sur des cartes, tout-puissants, à l'abri de lampes belles comme des fleurs. Que savait-il, lui, hors des remous et de la nuit qui poussait contre lui, à la vitesse d'un éboulement, son torrent noir. On ne pouvait abandonner deux hommes parmi ces trombes et ces flammes dans les nuages. On ne pouvait pas. On ordonnerait à Fabien : « Cap au deux cent quarante… » Il mettrait le cap au deux cent quarante. Mais il était seul.

Il lui parut que la matière aussi se révoltait. Le moteur, à chaque plongée, vibrait si fort que toute la masse de l'avion était prise d'un tremblement comme de colère. Fabien usait ses forces à dominer l'avion, la tête enfoncée dans la carlingue, face à l'horizon gyroscopique car, au-dehors, il ne distinguait plus la masse du ciel de celle de la terre, perdu dans une ombre où tout se mêlait, une ombre d'origine des mondes. Mais les aiguilles des indicateurs de position oscillaient de plus en plus vite, devenaient difficiles à suivre. Déjà le pilote, qu'elles trompaient, se débattait mal, perdait son altitude, s'enlisait peu à peu dans cette ombre. Il lut sa hauteur « cinq cents mètres ». C'était le niveau des collines. Il les sentit rouler vers lui leurs vagues vertigineuses. Il comprenait aussi que toutes les masses du sol, dont la moindre l'eût écrasé, étaient comme arrachées de leur support, déboulonnées, et commençaient à tourner, ivres, autour de lui. Et commençaient, autour de lui, une sorte de danse profonde et qui le serrait de plus en plus.

Il en prit son parti. Au risque d'emboutir, il atterrirait n'importe où. Et, pour éviter au moins les collines, il lâcha son unique fusée éclairante. La fusée s'enflamma, tournoya, illumina une plaine et s'y éteignit : c'était la mer.

Il pensa très vite : « Perdu. Quarante degrés de correction, j'ai dérivé quand même. C'est un cyclone. Où est la terre ? » Il virait plein Ouest. Il pensa : « Sans fusée maintenant, je me tue. » Cela devait arriver un jour. Et son camarade, là derrière... « Il a remonté l'antenne, sûrement. » Mais le pilote ne lui en voulait plus. Si lui-même ouvrait simplement les mains, leur vie s'en écoulerait aussitôt, comme une poussière vaine. Il tenait dans ses mains le cœur battant de son camarade et le sien. Et soudain ses mains l'effrayèrent.

Dans ces remous en coups de bélier, pour amortir les secousses du volant, sinon elles eussent scié les câbles de commandes, il s'était cramponné à lui, de toutes ses forces. Il s'y cramponnait toujours. Et voici qu'il ne sentait plus ses mains endormies par l'effort. Il voulut remuer les doigts pour en recevoir un message : il ne sut pas s'il était obéi. Quelque chose d'étranger terminait ses bras. Des baudruches insensibles et molles. Il pensa : « Il faut m'imaginer fortement que je serre... » Il ne sut pas si la pensée atteignait ses mains. Et comme il percevait les secousses du volant aux seules douleurs des épaules : « Il m'échappera. Mes mains s'ouvriront... » Mais s'effraya de s'être permis de tels mots, car il crut sentir ses mains, cette fois, obéir à l'obscure puissance de l'image, s'ouvrir lentement, dans l'ombre, pour le livrer.

Il aurait pu lutter encore, tenter sa chance : il n'y a pas de fatalité extérieure. Mais il y a une fatalité intérieure : vient une minute où l'on se découvre vulnérable ; alors les fautes vous attirent comme un vertige.

Et c'est à cette minute que luirent sur sa tête, dans une

déchirure de la tempête, comme un appât mortel au fond d'une nasse, quelques étoiles.

Il jugea bien que c'était un piège : on voit trois étoiles dans un trou, on monte vers elles, ensuite on ne peut plus descendre, on reste là à mordre les étoiles...

Mais sa faim de lumière était telle qu'il monta.

16

Il monta, en corrigeant mieux les remous, grâce aux repères qu'offraient les étoiles. Leur aimant pâle l'attirait. Il avait peiné si longtemps, à la poursuite d'une lumière, qu'il n'aurait plus lâché la plus confuse. Riche d'une lueur d'auberge, il aurait tourné jusqu'à la mort, autour de ce signe dont il avait faim. Et voici qu'il montait vers des champs de lumière.

Il s'élevait peu à peu, en spirale, dans le puits qui s'était ouvert, et se refermait au-dessous de lui. Et les nuages perdaient, à mesure qu'il montait, leur boue d'ombre, ils passaient contre lui, comme des vagues de plus en plus pures et blanches. Fabien émergea.

Sa surprise fut extrême : la clarté était telle qu'elle l'éblouissait. Il dut, quelques secondes, fermer les yeux. Il n'aurait jamais cru que les nuages, la nuit, pussent éblouir. Mais la pleine lune et toutes les constellations les changeaient en vagues rayonnantes.

L'avion avait gagné d'un seul coup, à la seconde même où il émergeait, un calme qui semblait extraordinaire. Pas une houle ne l'inclinait. Comme une barque qui passe la digue, il entrait dans les eaux réservées. Il était pris dans une part de ciel inconnue et cachée comme la baie des îles bienheureuses. La tempête, au-dessous de lui, formait un autre monde de trois mille mètres d'épaisseur, parcouru de rafales, de trombes d'eau, d'éclairs, mais elle tournait vers les astres une face de cristal et de neige.

Fabien pensait avoir gagné des limbes étranges, car tout devenait lumineux, ses mains, ses vêtements, ses ailes. Car la lumière ne descendait pas des astres, mais elle se dégageait, au-dessous de lui, autour de lui, de ces provisions blanches.

Ces nuages, au-dessous de lui, renvoyaient toute la neige qu'ils recevaient de la lune. Ceux de droite et de gauche aussi, hauts comme des tours. Il circulait un lait de lumière dans lequel baignait l'équipage. Fabien, se retournant, vit que le radio souriait.

— Ça va mieux ! criait-il.

Mais la voix se perdait dans le bruit du vol, seuls communiquaient les sourires. « Je suis tout à fait fou, pensait Fabien, de sourire : nous sommes perdus. »

Pourtant, mille bras obscurs l'avaient lâché. On avait dénoué ses liens, comme ceux d'un prisonnier qu'on laisse marcher seul, un temps, parmi les fleurs.

« Trop beau », pensait Fabien. Il errait parmi des étoiles accumulées avec la densité d'un trésor, dans un monde où rien d'autre, absolument rien d'autre que lui, Fabien, et son camarade, n'était vivant. Pareils à ces voleurs de villes fabuleuses, murés dans la chambre aux trésors dont ils ne sauront plus sortir. Parmi des pierreries glacées, ils errent, infiniment riches, mais condamnés.

17

Un des radiotélégraphistes de Commodoro Rivadavia, escale de Patagonie, fit un geste brusque, et tous ceux qui veillaient, impuissants, dans le poste, se ramassèrent autour de cet homme, et se penchèrent.

Ils se penchaient sur un papier vierge et durement éclairé. La main de l'opérateur hésitait encore, et le crayon se balançait. La main de l'opérateur tenait encore les lettres prisonnières, mais déjà les doigts tremblaient.

— Orages ?

Le radio fit « oui » de la tête. Leur grésillement l'empêchait de comprendre.

Puis il nota quelques signes indéchiffrables. Puis des mots. Puis on put rétablir le texte :

« Bloqués à trois mille huit au-dessus de la tempête. Naviguons plein Ouest vers l'intérieur, car étions dérivés en mer. Au-dessous de nous tout est bouché. Nous ignorons si survolons toujours la mer. Communiquez si tempête s'étend à l'intérieur. »

On dut, à cause des orages, pour transmettre ce télégramme à Buenos Aires, faire la chaîne de poste en poste. Le message avançait dans la nuit, comme un feu qu'on allume de tour en tour.

Buenos Aires fit répondre :

— Tempête générale à l'intérieur. Combien vous reste-t-il d'essence ?

— Une demi-heure.

Et cette phrase, de veilleur en veilleur, remonta jusqu'à Buenos Aires.

L'équipage était condamné à s'enfoncer, avant trente minutes, dans un cyclone qui le drosserait jusqu'au sol.

18

Et Rivière médite. Il ne conserve plus d'espoir : cet équipage sombrera quelque part dans la nuit.

Rivière se souvient d'une vision qui avait frappé son enfance : on vidait un étang pour trouver un corps. On ne trouvera rien non plus, avant que cette masse d'ombre se soit écoulée de sur la terre, avant que remontent au jour ces sables, ces plaines, ces blés. De simples paysans découvriront peut-être deux enfants au coude plié sur le visage, et paraissant dormir, échoués sur l'herbe et l'or d'un fond paisible. Mais la nuit les aura noyés.

Rivière pense aux trésors ensevelis dans les profondeurs de la nuit comme dans les mers fabuleuses... Ces pommiers de nuit qui attendent le jour avec toutes leurs fleurs, des fleurs qui ne servent pas encore. La nuit est riche, pleine de parfums, d'agneaux endormis et de fleurs qui n'ont pas encore de couleurs.

Peu à peu monteront vers le jour les sillons gras, les bois mouillés, les luzernes fraîches. Mais parmi des collines, maintenant inoffensives, et les prairies, et les agneaux, dans la sagesse du monde, deux enfants sembleront dormir. Et quelque chose aura coulé du monde visible dans l'autre.

Rivière connaît la femme de Fabien inquiète et tendre :

cet amour à peine lui fut prêté, comme un jouet à un enfant pauvre.

Rivière pense à la main de Fabien, qui tient pour quelques minutes encore sa destinée dans les commandes. Cette main qui a caressé. Cette main qui s'est posée sur une poitrine et y a levé le tumulte, comme une main divine. Cette main qui s'est posée sur un visage, et qui a changé ce visage. Cette main qui était miraculeuse.

Fabien erre sur la splendeur d'une mer de nuages, la nuit, mais, plus bas, c'est l'éternité. Il est perdu parmi des constellations qu'il habite seul. Il tient encore le monde dans ses mains et contre sa poitrine le balance. Il serre dans son volant le poids de la richesse humaine, et promène, désespéré, d'une étoile à l'autre, l'inutile trésor qu'il faudra bien rendre...

Rivière pense qu'un poste radio l'écoute encore. Seule relie encore Fabien au monde une onde musicale, une modulation mineure. Pas une plainte. Pas un cri. Mais le son le plus pur qu'ait jamais formé le désespoir.

19

Robineau le tira de sa solitude :
— Monsieur le directeur, j'ai pensé... on pourrait peut-être essayer...

Il n'avait rien à proposer, mais témoignait ainsi de sa bonne volonté. Il aurait aimé trouver une solution, et la cherchait un peu comme celle d'un rébus. Il trouvait toujours des solutions que Rivière n'écoutait jamais : « Voyez-vous, Robineau, dans la vie il n'y a pas de solutions. Il y a des forces en marche : il faut les créer et les solutions suivent. » Aussi Robineau bornait-il son rôle à créer une force en marche dans la corporation des mécaniciens. Une humble force en marche, qui préservait de la rouille les moyeux d'hélice.

Mais les événements de cette nuit-ci trouvaient Robineau désarmé. Son titre d'inspecteur n'avait aucun pouvoir sur les orages, ni sur un équipage fantôme, qui vraiment ne se débattait plus pour une prime d'exactitude, mais pour échapper à une seule sanction, qui annulait celles de Robineau, la mort.

Et Robineau, maintenant inutile, errait dans les bureaux, sans emploi.

La femme de Fabien se fit annoncer. Poussée par l'inquiétude, elle attendait, dans le bureau des secrétaires, que Rivière la reçût. Les secrétaires, à la dérobée, levaient les yeux sur son visage. Elle en éprouvait une sorte de honte et regardait avec crainte autour d'elle : tout ici la refusait. Ces hommes qui continuaient leur travail, comme s'ils marchaient sur un corps, ces dossiers où la vie humaine, la souffrance humaine ne laissaient qu'un résidu de chiffres durs. Elle cherchait des signes qui lui eussent parlé de Fabien. Chez elle tout montrait cette absence : le lit entrouvert, le café servi, un bouquet de fleurs... Elle ne découvrait aucun signe. Tout s'opposait à la pitié, à l'amitié, au souvenir. La seule phrase qu'elle entendit, car personne n'élevait la voix devant elle, fut le juron d'un employé, qui réclamait un bordereau. « ... Le bordereau des dynamos, bon Dieu ! que nous expédions à Santos. » Elle leva les yeux sur cet homme, avec une expression d'étonnement infini. Puis sur le mur où s'étalait une carte. Ses lèvres tremblaient un peu, à peine.

Elle devinait, avec gêne, qu'elle exprimait ici une vérité ennemie, regrettait presque d'être venue, eût voulu se cacher, et se retenait, de peur qu'on la remarquât trop, de tousser, de pleurer. Elle se découvrait insolite, inconvenante, comme nue. Mais sa vérité était si forte, que les regards fugitifs remontaient, à la dérobée, inlassablement, la lire dans son visage. Cette femme était très belle. Elle révélait aux hommes le monde sacré du bonheur. Elle révélait à quelle matière auguste on touche, sans le savoir, en agissant. Sous tant de regards elle ferma les yeux. Elle révélait quelle paix, sans le savoir, on peut détruire.

Rivière la reçut.

Elle venait plaider timidement pour ses fleurs, son café servi, sa chair jeune. De nouveau, dans ce bureau plus froid encore, son faible tremblement de lèvres la reprit. Elle aussi découvrait sa propre vérité, dans cet autre monde, inexprimable. Tout ce qui se dressait en elle d'amour presque sauvage, tant il était fervent, de dévouement, lui semblait prendre ici un visage importun, égoïste. Elle eût voulu fuir :

— Je vous dérange...

— Madame, lui dit Rivière, vous ne me dérangez pas. Malheureusement, madame, vous et moi ne pouvons mieux faire que d'attendre.

Elle eut un faible haussement d'épaules, dont Rivière comprit le sens : « À quoi bon cette lampe, ce dîner servi, ces fleurs que je vais retrouver... » Une jeune mère avait confessé un jour à Rivière : « La mort de mon enfant, je ne l'ai pas encore comprise. Ce sont les petites choses qui sont dures, ses vêtements que je retrouve, et, si je me réveille la nuit, cette tendresse qui me monte quand même au cœur, désormais inutile, comme mon lait... » Pour cette femme aussi la mort de Fabien commencerait demain à peine, dans chaque acte désormais vain, dans chaque objet, Fabien quitterait lentement sa maison. Rivière taisait une pitié profonde.

— Madame...

La jeune femme se retirait, avec un sourire presque humble, ignorant sa propre puissance.

Rivière s'assit, un peu lourd.

« Mais elle m'aide à découvrir ce que je cherchais... »

Il tapotait distraitement les télégrammes de protection des escales Nord. Il songeait.

« Nous ne demandons pas à être éternels, mais à ne pas voir les actes et les choses tout à coup perdre leur sens. Le vide qui nous entoure se montre alors... »

Ses regards tombèrent sur les télégrammes :

« Et voilà par où, chez nous, s'introduit la mort : ces messages qui n'ont plus de sens... »

Il regarda Robineau. Ce garçon médiocre, maintenant inutile, n'avait plus de sens. Rivière lui dit presque durement :

— Faut-il vous donner, moi-même, du travail ?

Puis Rivière poussa la porte qui donnait sur la salle des secrétaires, et la disparition de Fabien le frappa, évidente, à des signes que Mme Fabien n'avait pas su voir. La fiche du R.B. 903, l'avion de Fabien, figurait déjà, au tableau mural, dans la colonne du matériel indisponible. Les secrétaires qui préparaient les papiers du courrier d'Europe, sachant qu'il serait retardé, travaillaient mal. Du terrain on demandait par téléphone des instructions pour les équipes qui, maintenant, veillaient sans but. Les fonctions de vie étaient ralenties. « La mort, la voilà ! » pensa Rivière. Son œuvre était semblable à un voilier en panne, sans vent, sur la mer.

Il entendit la voix de Robineau :

— Monsieur le directeur... ils étaient mariés depuis six semaines...

— Allez travailler.

Rivière regarda toujours les secrétaires, et au-delà des secrétaires, les manœuvres, les mécaniciens, les pilotes, tous ceux qui l'avaient aidé dans son œuvre, avec une foi de bâtisseurs. Il pensa aux petites villes d'autrefois qui entendaient parler des « Îles » et se construisaient un navire. Pour le charger de leur espérance. Pour que les hommes pussent voir leur espérance ouvrir ses voiles sur la mer. Tous grandis, tous tirés hors d'eux-mêmes, tous délivrés par un navire. « Le but peut-être ne justifie rien, mais l'action délivre de la mort. Ces hommes duraient par leur navire. »

Et Rivière luttera aussi contre la mort, lorsqu'il rendra aux télégrammes leur plein sens, leur inquiétude aux équipes de veille et aux pilotes leur but dramatique. Lorsque la vie ranimera cette œuvre, comme le vent ranime un voilier, en mer.

20

Commodoro Rivadavia n'entend plus rien, mais à mille kilomètres de là, vingt minutes plus tard, Bahia Blanca capte un second message:

« Descendons. Entrons dans les nuages... »

Puis ces deux mots d'un texte obscur apparurent dans le poste de Trelew:

« ... rien voir... »

Les ondes courtes sont ainsi. On les capte là, mais ici on demeure sourd. Puis, sans raison, tout change. Cet équipage, dont la position est inconnue, se manifeste déjà aux vivants, hors de l'espace, hors du temps, et sur les feuilles blanches des postes radio ce sont déjà des fantômes qui écrivent.

L'essence est-elle épuisée, ou le pilote joue-t-il, avec la panne, sa dernière carte: retrouver le sol sans l'emboutir?

La voix de Buenos Aires ordonne à Trelew:

« Demandez-le-lui. »

Le poste d'écoute T.S.F. ressemble à un laboratoire: nickels, cuivres et manomètres, réseau de conducteurs. Les opérateurs de veille, en blouse blanche, silencieux, semblent courbés sur une simple expérience.

De leurs doigts délicats ils touchent les instruments, explorent le ciel magnétique, sourciers qui cherchent la veine d'or.

— On ne répond pas ?
— On ne répond pas.

Ils vont peut-être accrocher cette note qui serait un signe de vie. Si l'avion et ses feux de bord remontent parmi les étoiles, ils vont peut-être entendre chanter cette étoile...

Les secondes s'écoulent. Elles s'écoulent vraiment comme du sang. Le vol dure-t-il encore ? Chaque seconde emporte une chance. Et voilà que le temps qui s'écoule semble détruire. Comme, en vingt siècles, il touche un temple, fait son chemin dans le granit et répand le temple en poussière, voilà que des siècles d'usure se ramassent dans chaque seconde et menacent un équipage.

Chaque seconde emporte quelque chose.

Cette voix de Fabien, ce rire de Fabien, ce sourire. Le silence gagne du terrain. Un silence de plus en plus lourd, qui s'établit sur cet équipage comme le poids d'une mer.

Alors quelqu'un remarque :

— Une heure quarante. Dernière limite de l'essence : il est impossible qu'ils volent encore.

Et la paix se fait.

Quelque chose d'amer et de fade remonte aux lèvres comme aux fins de voyage. Quelque chose s'est accompli dont on ne sait rien, quelque chose d'un peu écœurant. Et parmi tous ces nickels et ces artères de cuivre, on ressent la tristesse même qui règne sur les usines ruinées. Tout ce matériel semble pesant, inutile, désaffecté : un poids de branches mortes.

Il n'y a plus qu'à attendre le jour.

Dans quelques heures émergera au jour l'Argentine entière, et ces hommes demeurent là, comme sur une grève, en face du filet que l'on tire, que l'on tire lentement, et dont on ne sait pas ce qu'il va contenir.

Rivière, dans son bureau, éprouve cette détente que seuls permettent les grands désastres, quand la fatalité délivre l'homme. Il a fait alerter la police de toute une province. Il ne peut plus rien, il faut attendre.
Mais l'ordre doit régner même dans la maison des morts. Rivière fait signe à Robineau :
— Télégramme pour les escales Nord : « Prévoyons retard important du courrier de Patagonie. Pour ne pas retarder trop courrier d'Europe, bloquerons courrier de Patagonie avec le courrier d'Europe suivant. »
Il se plie un peu en avant. Mais il fait un effort et se souvient de quelque chose, c'était grave. Ah ! oui. Et pour ne pas l'oublier :
— Robineau.
— Monsieur Rivière ?
— Vous rédigerez une note. Interdiction aux pilotes de dépasser dix-neuf cents tours : on me massacre les moteurs.
— Bien, monsieur Rivière.
Rivière se plie un peu plus. Il a besoin, avant tout, de solitude :
— Allez, Robineau. Allez, mon vieux...
Et Robineau s'effraie de cette égalité devant des ombres.

21

Robineau errait maintenant, avec mélancolie, dans les bureaux. La vie de la Compagnie s'était arrêtée, puisque ce courrier, prévu pour deux heures, serait décommandé, et ne partirait plus qu'au jour. Les employés aux visages fermés veillaient encore, mais cette veille était inutile. On recevait encore, avec un rythme régulier, les messages de protection des escales Nord, mais leurs « ciels purs », leurs « pleine lune », et leurs « vent nul » éveillaient l'image d'un royaume stérile. Un désert de lune et de pierres. Comme Robineau feuilletait, sans savoir d'ailleurs pourquoi, un dossier auquel travaillait le chef de bureau, il aperçut celui-ci, debout en face de lui, et qui attendait, avec un respect insolent, qu'il le lui rendît, l'air de dire : « Quand vous voudrez bien, n'est-ce pas ? c'est à moi... » Cette attitude d'un inférieur choqua l'inspecteur, mais aucune réplique ne lui vint, et, irrité, il tendit le dossier. Le chef de bureau retourna s'asseoir avec une grande noblesse. « J'aurais dû l'envoyer promener », pensa Robineau. Alors, par contenance, il fit quelques pas en songeant au drame. Ce drame entraînerait la disgrâce d'une politique, et Robineau pleurait un double deuil.

Puis lui vint l'image d'un Rivière enfermé, là, dans son bureau, et qui lui avait dit : « Mon vieux... » Jamais homme

Chapitre 21

n'avait, à ce point, manqué d'appui. Robineau éprouva pour lui une grande pitié. Il remuait dans sa tête quelques phrases obscurément destinées à plaindre, à soulager. Un sentiment qu'il jugeait très beau l'animait. Alors il frappa doucement. On ne répondit pas. Il n'osa frapper plus fort, dans ce silence, et poussa la porte. Rivière était là. Robineau entrait chez Rivière, pour la première fois presque de plain-pied, un peu en ami, un peu dans son idée comme le sergent qui rejoint, sous les balles, le général blessé, et l'accompagne dans la déroute, et devient son frère dans l'exil. « Je suis avec vous, quoi qu'il arrive », semblait vouloir dire Robineau.

Rivière se taisait et, la tête penchée, regardait ses mains. Et Robineau, debout devant lui, n'osait plus parle. Le lion, même abattu, l'intimidait. Robineau préparait des mots de plus en plus ivres de dévouement, mais, chaque fois qu'il levait les yeux, il rencontrait cette tête inclinée de trois quarts, ces cheveux gris, ces lèvres serrées sur quelle amertume ! Enfin il se décida :

— Monsieur le directeur...

Rivière leva la tête et le regarda. Rivière sortait d'un songe si profond, si lointain que peut-être il n'avait pas remarqué encore la présence de Robineau. Et nul ne sut jamais quel songe il fit, ni ce qu'il éprouva, ni quel deuil s'était fait dans son cœur. Rivière regarda Robineau, longtemps, comme le témoin vivant de quelque chose. Robineau fut gêné. Plus Rivière regardait Robineau, plus se dessinait sur les lèvres de celui-là une incompréhensible ironie. Plus Rivière regardait Robineau et plus Robineau rougissait. Et plus Robineau semblait, à Rivière, être venu pour témoigner ici, avec une bonne volonté touchante, et malheureusement spontanée, de la sottise des hommes.

Le désarroi envahit Robineau. Ni le sergent, ni le général, ni les balles n'avaient plus cours. Il se passait quelque chose d'inexplicable. Rivière le regardait toujours. Alors, Robineau, malgré soi, rectifia un peu son attitude, sortit la main de sa poche gauche. Rivière le regardait toujours. Alors, enfin, Robineau, avec une gêne infinie, sans savoir pourquoi, prononça :

— Je suis venu prendre vos ordres.

Rivière tira sa montre, et simplement :

— Il est deux heures. Le courrier d'Asuncion atterrira à deux heures dix. Faites décoller le courrier d'Europe à deux heures et quart.

Et Robineau propagea l'étonnante nouvelle : on ne suspendait pas les vols de nuit. Et Robineau s'adressa au chef de bureau :

— Vous m'apporterez ce dossier pour que je le contrôle.

Et, quand le chef de bureau fut devant lui :

— Attendez.

Et le chef de bureau attendit.

22

Le courrier d'Asuncion signala qu'il allait atterrir.

Rivière, même aux pires heures, avait suivi, de télégramme en télégramme, sa marche heureuse. C'était pour lui, au milieu de ce désarroi, la revanche de sa foi, la preuve. Ce vol heureux annonçait, par ses télégrammes, mille autres vols aussi heureux. « On n'a pas de cyclones toutes les nuits. » Rivière pensait aussi : « Une fois la route tracée, on ne peut pas ne plus poursuivre. »

Descendant, d'escale en escale, du Paraguay, comme d'un adorable jardin riche de fleurs, de maisons basses et d'eaux lentes, l'avion glissait en marge d'un cyclone qui ne lui brouillait pas une étoile. Neuf passagers, roulés dans leurs couvertures de voyage, s'appuyaient du front à leur fenêtre, comme à une vitrine pleine de bijoux, car les petites villes d'Argentine égrenaient déjà, dans la nuit, tout leur or, sous l'or plus pâle des villes d'étoiles. Le pilote, à l'avant, soutenait de ses mains sa précieuse charge de vies humaines, les yeux grands ouverts et pleins de lune, comme un chevrier. Buenos Aires, déjà, emplissait l'horizon de son feu rose, et bientôt luirait de toutes ses pierres, ainsi qu'un trésor fabuleux. Le radio, de ses doigts, lâchait les derniers télégrammes, comme les notes finales d'une sonate qu'il eût tapotée, joyeux, dans le ciel, et dont Rivière comprenait le chant, puis il remonta l'antenne, puis il s'étira un peu, bâilla et sourit : on arrivait.

Le pilote, ayant atterri, retrouva le pilote du courrier d'Europe, adossé contre son avion, les mains dans les poches.

— C'est toi qui continues ?
— Oui.
— La Patagonie est là ?
— On ne l'attend pas : disparue. Il fait beau ?
— Il fait très beau. Fabien a disparu ?

Ils en parlèrent peu. Une grande fraternité les dispensait des phrases.

On transbordait dans l'avion d'Europe les sacs transmis d'Asuncion, et le pilote, toujours immobile, la tête renversée, la nuque contre la carlingue, regardait les étoiles. Il sentait naître en lui un pouvoir immense, et un plaisir puissant lui vint.

— Chargé ? fit une voix. Alors, contact.

Le pilote ne bougea pas. On mettait son moteur en marche. Le pilote allait sentir dans ses épaules, appuyées à l'avion, cet avion vivre. Le pilote se rassurait, enfin, après tant de fausses nouvelles : partira... partira pas... partira ! Sa bouche s'entrouvrit, et ses dents brillèrent sous la lune comme celles d'un jeune fauve.

— Attention, la nuit, hein !

Il n'entendit pas le conseil de son camarade. Les mains dans les poches, la tête renversée, face à des nuages, des montagnes, des fleuves et des mers, voici qu'il commençait un rire silencieux. Un faible rire, mais qui passait en lui, comme une brise dans un arbre, et le faisait tout entier tressaillir. Un faible rire, mais bien plus fort que ces nuages, ces montagnes, ces fleuves et ces mers.

— Qu'est-ce qui te prend ?
— Cet imbécile de Rivière qui m'a... qui s'imagine que j'ai peur !

23

Dans une minute il franchira Buenos Aires, et Rivière, qui reprend sa lutte, veut l'entendre. L'entendre naître, gronder et s'évanouir, comme le pas formidable d'une armée en marche dans les étoiles.

Rivière, les bras croisés, passe parmi les secrétaires. Devant une fenêtre, il s'arrête, écoute et songe.

S'il avait suspendu un seul départ, la cause des vols de nuit était perdue. Mais, devançant les faibles, qui demain le désavoueront, Rivière, dans la nuit, a lâché cet autre équipage.

Victoire... défaite... ces mots n'ont point de sens. La vie est au-dessous de ces images, et déjà prépare de nouvelles images. Une victoire affaiblit un peuple, une défaite en réveille un autre. La défaite qu'a subie Rivière est peut-être un engagement qui rapproche la vraie victoire. L'événement en marche compte seul.

Dans cinq minutes les postes de T.S.F. auront alerté les escales. Sur quinze mille kilomètres le frémissement de la vie aura résolu tous les problèmes.

Déjà un chant d'orgue monte : l'avion.

Et Rivière, à pas lents, retourne à son travail, parmi les secrétaires que courbe son regard dur. Rivière-le-Grand, Rivière-le-Victorieux, qui porte sa lourde victoire.

Table des chapitres

Chapitre 1	9
Chapitre 2	14
Chapitre 3	17
Chapitre 4	21
Chapitre 5	26
Chapitre 6	28
Chapitre 7	34
Chapitre 8	36
Chapitre 9	40
Chapitre 10	45
Chapitre 11	49
Chapitre 12	53
Chapitre 13	57
Chapitre 14	61
Chapitre 15	67
Chapitre 16	71
Chapitre 17	73
Chapitre 18	75
Chapitre 19	77
Chapitre 20	81
Chapitre 21	84
Chapitre 22	87
Chapitre 23	89

DOSSIER

Du tableau

au texte

Isabelle Varloteaux

Du tableau au texte

Hélice
de Robert Delaunay

... « *voler ou écrire, c'est tout un* »...

Le jour où Antoine de Saint-Exupéry, adolescent de douze ans, offre à son professeur de français, après un baptême de l'air, un poème aéronautique, augure de façon exemplaire de ce que sera la vie de celui que l'on connaît comme un écrivain fascinant : « Pour moi, voler ou écrire, c'est tout un. »

Au-delà d'une éducation classique, le jeune Antoine de Saint-Exupéry témoigne très vite d'une propension à la mécanique. En 1926, à l'issue de son service militaire qu'il commence en 1921 et durant lequel il fait son premier vol en solitaire, cet homme téméraire, de sang-froid, devient un pilote de la société Latécoère. Pionnière de l'aviation civile à travers le monde, Latécoère deviendra en 1927 l'Aéropostale, avant d'être absorbée en 1933 par la compagnie Air France. De ses années de vols, Antoine de Saint-Exupéry rapporte des valeurs essentielles : le sens de la fraternité, la notion de dépassement de soi, l'idée de morale virile et l'importance des relations humaines, conçues comme l'un des moteurs de l'existence.

... la civilisation s'ouvre à la modernité...

Les années 1920, ou «années folles», durant lesquelles Antoine de Saint-Exupéry devient pilote, sont une période où s'expriment une fureur de vivre et un désir profond de ne jamais plus connaître un conflit comme celui de 1914-1918. La technicité et le machinisme de la révolution industrielle du XIXe siècle introduisent désormais au quotidien la notion de progrès dans les esprits. Cette période novatrice voit l'épanouissement des moyens de communication et de transport, le développement des villes avec l'industrialisation, ainsi que l'utilisation récurrente de l'image par le biais de la presse et du cinéma qui ont pris de l'importance depuis la fin du XIXe siècle.

Tous ces faits qui modifient la société de ce début du XXe siècle introduisent des éléments novateurs. La vision du monde ne cesse dès lors d'être bouleversée, car les progrès techniques changent la perception de l'individu : la civilisation s'ouvre à la modernité. L'idée de dépassement trouve son écho dans différents domaines : le dépassement des valeurs traditionnelles sur le plan social, le dépassement des représentations immuables (religion, nature) sur le plan artistique, puis le dépassement de soi (premiers jeux Olympiques à la fois été et hiver en 1924, records de vitesse en aviation ou en automobile) sur le plan individuel.

Cette période d'audace s'achève à la fin de la décennie avec le krach boursier de 1929 qui confirme la fragilité de l'édifice international et augure de la crispation politique mondiale, notamment de la multiplication des dictatures en Europe.

De la période 1923-1931, qui correspond à la création d'*Hélice* par Robert Delaunay et à l'écriture de *Vol de nuit* par Antoine de Saint-Exupéry, on peut retenir une aspiration à vivre intensément et de façon nouvelle.

... associations de couleurs, de lumière, de poésie, de musique...

En dépit de l'influence marquée du cubisme de Georges Braque (1882-1963) et de Pablo Picasso (1881-1973), dans sa façon de déconstruire l'objet, et de celle non moins importante du néo-impressionnisme d'Edmond Cross (1856-1910), dans son utilisation de la touche colorée pour composer le tableau, Robert Delaunay (1885-1941) affirme sa pleine personnalité dès 1907. Il déclare, comme pour défier le monde de l'art tout entier : « Nous sommes à l'ABC d'une nouvelle expression. » Pour cela, le jeune peintre s'empare des formes naturelles qu'il réduit à des formes géométriques stylisées et qu'il associe à une profusion de tons et de contrastes : des reflets chatoyants de rouges, verts et bleus qui révèlent l'amour naissant de l'artiste pour la couleur et la lumière.

À partir de 1912, il décide de ne plus faire appel qu'à la couleur comme mode d'expression, « la couleur est forme et sujet », écrit-il. Ce qui veut dire que désormais la couleur est tout à la fois. Elle remplace le sujet, crée la forme et construit la composition du tableau. Cet intérêt pour la lumière et la couleur s'est manifesté tout d'abord, comme le raconte son épouse Sonia Delaunay (1885-1979), peintre elle aussi, dans le goût pour les éclairages publics dont « les halos faisaient tourner et vibrer [...] les couleurs et les ombres », puis dans l'étude des « jeux changeants de la lumière céleste » (*Nous irons jusqu'au soleil*, Paris, 1978).

L'observation de la lune et du soleil devenait un véritable champ d'expérience artistique. Robert Delaunay se forçait à fixer le soleil jusqu'à l'éblouissement, puis baissait les paupières. En se concentrant sur les réactions rétiniennes, il traduisait ensuite sur la toile tous les contrastes que son œil avait su capter. Cette période expérimentale s'est accompagnée de l'étude approfondie de l'œuvre du savant Eugène Chevreul, *De la loi du contraste simultané des couleurs* (1839). La théorie de ce scientifique permet de concevoir que deux zones de couleurs, de valeurs différentes, mais de surfaces égales, se modifient l'une l'autre, surtout si elles sont juxtaposées.

Le jeu des couleurs complémentaires parachève cette démonstration : des effets vibratoires interviennent sur la rétine quand une couleur est associée à sa nuance opposée. Les couleurs étudiées physiquement donnent lieu à une classification dans un cercle chromatique : les couleurs primaires (rouge, jaune, bleu), les couleurs secondaires — mélanges des trois primaires (orange, vert, violet), puis les couleurs complémentaires (vert pour le rouge magenta, orange pour le bleu cyan et violet pour le jaune primaire).

Ces phénomènes, que Chevreul a nommés « contraste simultané », ont beaucoup compté dans l'œuvre de Robert Delaunay, au point que son ami, le poète et critique Guillaume Apollinaire (1880-1918), a déclaré, en parlant des contrastes simultanés présents dans ses tableaux, que « leur orchestration crée des architectures qui se déroulent comme des phrases en couleur et aboutissent à une nouvelle forme d'expression en peinture, à la peinture pure » (*Soirée de Paris*, Paris,

1912). Cette nouvelle forme d'expression picturale, que le poète baptisera aussi « Orphisme » en s'inspirant peut-être du titre de son recueil *Le Cortège d'Orphée*, va donner lieu à une nouvelle esthétique.

Désormais, pour l'avant-garde artistique à laquelle appartient le couple Delaunay, il est question d'associations de couleurs, de lumière, de poésie, de musique. Tout peut être en lien avec la couleur, comme en témoigne le poème d'Arthur Rimbaud (1854-1891) « Voyelles » : « A noir, E blanc, I rouge, U vert, O bleu ».

... transcrire le mouvement et la simultanéité sur la toile...

Tout en travaillant sur le jeu perpétuel des couleurs qui s'influencent mutuellement, en déclenchant des vibrations dans l'œil du spectateur, le peintre s'intéresse au rythme, au mouvement et à la perception de la vitesse. En ces années 1920, le monde qui l'entoure est celui du jazz, des prestations époustouflantes de la danseuse Joséphine Baker (1906-1975) et de la vitesse qui s'exprime avec la première édition en 1923 des 24 Heures du Mans ou encore avec le record du monde de vitesse en avion, de 380 km/h, remporté par l'Américain Pearson. Il devient primordial pour l'artiste de transcrire le mouvement et la simultanéité sur la toile.

En utilisant la forme circulaire, Robert Delaunay fait l'expérience du « Coup de poing » : des contrastes forts (rouges-bleus, par exemple) qui suscitent des vibrations ultrarapides. Le cercle, ou le disque, devient alors une forme récurrente du vocabulaire plastique du peintre et son influence sur la peinture abstraite contemporaine sera déterminante, comme chez Kenneth Noland, par exemple, avec *Bloom* (1960).

Parallèlement, l'artiste porte son regard sur son époque et s'approprie des symboles forts, des emblèmes de la modernité : la tour Eiffel, la traversée héroïque de la Manche en avion par Louis Blériot, le sport ou l'aviation. Cet intérêt pour le progrès technique avait déjà révélé sur la scène artistique, dès 1913, de nombreux artistes, issus du groupe italien des Futuristes. Néanmoins, aucun lien n'a uni ce groupe au peintre français. Les premiers, qui exaltent eux aussi la vitesse, décomposent le mouvement en séquences statiques tandis que le second fait naître le mouvement directement dans l'œil du spectateur avec les couleurs.

Avec *Hélice*, peint en 1923, Robert Delaunay pose sur la toile les fondements de son art. La couleur et la lumière en deviennent les sujets principaux, tandis que l'hélice, instrument mécanique, sert de prétexte à cette mise en œuvre.

… tout est mouvement, glissement, tournoiement…

Dans son roman *Vol de nuit*, Antoine de Saint-Exupéry nous fait éprouver la difficile expérience du métier de pilote, sous les exigences rudes d'un chef inflexible et des aléas climatiques. D'une écriture sobre et classique, l'auteur nous attire dans un monde de couleurs et de mouvements, à l'instar du peintre. « L'or du soir » des collines que survole le pilote Fabien fait place bientôt à l'ombre et à la nuit « pareille à une fumée sombre ».

Comme en réponse au texte, l'œuvre de Delaunay associe deux registres de valeurs opposées au sein de sa composition. Sur un fond fait de plans et de segments circulaires s'inscrit la forme d'une hélice en mouvement, aux lignes douces et claires. Comme une volute de fumée, elle vient rompre formellement avec le reste de l'image. La juxtaposition des couleurs, blanc, orange, ocre, jaune, vert, ou bleu, qui matérialise l'enroulement de l'hélice sur la zone sombre des bleus, gris, noirs, et bruns, suscite un fort impact visuel. Tout comme l'air est battu par l'hélice de l'avion de Fabien, la lumière semble aspirée par le tourbillon des couleurs du tableau.

Puis, dans *Vol de nuit*, survient l'orage, le cyclone, ce mouvement impétueux et violent qui fait tournoyer les masses d'air. Ces courants aériens, le pilote Pellerin les rencontre dans la cordillère des Andes, tandis qu'il vole au-dessus du Tupungato et de ces «pics innocents, ces arêtes, ces crêtes de neige, à peine plus gris». Il a pu voir avec le «vent dur» que ces sommets «vivaient et dérivaient autour de lui».

À l'image du pilote saisi dans le mouvement circulaire des airs, le regard du spectateur est capté par l'effet giratoire provoqué par la forme de l'hélice. Cette dynamique engendre un désordre dans la composition (triangles coupés, demi-cercles inachevés, trapèze asymétrique) qui répond à la sensation de perturbation provoquée par les vents, telle qu'elle est perçue par Pellerin au-dessus de la cordillère : «C'est alors qu'avec les premiers remous de l'air les montagnes autour du pilote oscillèrent.»

... *«comme un bouquet de feu»*...

Plus tard, une nuit difficile s'annonce pour le courrier de Patagonie. Le radionavigant comprend alors que l'avion «se heurterait plus loin à l'épaisseur de la nuit comme à un mur ». Cette idée du mouvement qui vient se cogner à un bloc obscur, Delaunay l'exprime, quant à lui, en opposant la zone verticale lumineuse, qui contient l'hélice au centre du tableau, aux lignes et formes dures et sombres, qui composent le fond. Seul le « T » jaune, que l'artiste inscrit en hommage à son ami Tristan Tzara (1896-1963), s'impose comme une touche de lumière dans ce grand champ de couleurs froides.

« Les premiers remous de l'orage lointain attaquaient l'avion. » Cette phrase courte suscite un déséquilibre chez le lecteur. Cette instabilité est également recherchée par le peintre qui n'utilise dans son tableau aucune ligne horizontale ou verticale : tout est mouvement, glissement, tournoiement, dans l'usage des lignes diagonales, courbes, obliques et sinueuses. Le regard est ainsi aspiré par l'effet giratoire de la composition, invitant le spectateur à lâcher prise.

Cette sensation incommodante de déséquilibre et de perte de contrôle, chacun des pilotes la perçoit. Le combat avec les troubles climatiques fait parfois naître l'inquiétude (« la nuit, et tout ce qu'elle portait de roc, d'épaves, de collines, coulait contre l'avion avec la même étonnante fatalité ») et annonce parfois la peur (« Qui n'aurait pas eu peur ! Les montagnes me dominaient. Quand j'ai voulu prendre de l'altitude, j'ai rencontré de forts remous »).

Derrière l'ample mouvement circulaire que dessinent les pales de l'hélice du tableau de Robert Delaunay, on imagine surgir l'orage, « un orage local, probablement ».

Par ailleurs, l'ondulation des couleurs, comme une flammèche de lumière, rappelle le moment où le pilote Fabien est gêné par la « flamme de l'échappement, accrochée au moteur, comme un bouquet de feu ».

... Fragments de couleurs... fragments de carlingue... fragments de vie....

Quand l'artiste joue avec les vibrations de la couleur en opposant le vert à l'ocre, le jaune au bleu ou le chaud au froid, il introduit des tensions importantes dans son œuvre. Par ailleurs, la présence d'une forme de type sinusoïde (en forme de «S») amplifie le mouvement vibratoire. Le spectateur devient acteur en ressentant dans son propre corps le mouvement que l'artiste a voulu susciter sur la toile. Chez le romancier, l'expression du mouvement fait appel aux verbes «osciller», «vibrer», «pencher», «plonger», «trembler», «virer», «émerger», «tourner» qui peuvent s'entendre comme autant d'échos au tableau.

Tourbillon de formes colorées, cette œuvre, peinte en ce début des années 1920, porte en elle l'aspiration d'une dynamique nouvelle en opposition à une force sombre dure et hiératique. *Hélice* s'impose comme une sorte de manifeste de la peinture que Delaunay veut désormais développer. Annonciateur de la période d'abstraction géométrique dans laquelle le peintre s'engage dans les années 1930, ce tableau intègre dans sa composition l'élément narratif qui symbolise l'action du roman *Vol de nuit* : l'hélice.

Chaque forme ou champ coloré du tableau peut être associé à un moment de la dramaturgie du roman. Néanmoins, c'est par sa mise en relation avec les derniers moments vécus par Fabien que l'émotion se fait la plus forte : «Et voici qu'il montait vers des champs de lumière. Il s'élevait peu à peu, en spirale, dans le puits qui s'était ouvert, et se refermait au-dessus de lui [...] la clarté était telle qu'elle l'éblouissait [...] Fabien pensait avoir gagné des limbes étranges, car tout devenait lumineux [...]. Il circulait un lait de lumière dans lequel baignait l'équipage. »

Ainsi, de la même façon, la lumière des formes souples de l'*Hélice* semble-t-elle entraîner dans son sillage un halo de couleurs claires. « Trop beau », pensait Fabien, tandis que la forme sinusoïdale aux couleurs claires de Delaunay, véritable ondulation lumineuse, s'inscrit comme l'illustration funèbre des derniers moments de vie du pilote : « Seule relie encore Fabien au monde une onde musicale, une modulation mineure [...] le son le plus pur qu'ait jamais formé le désespoir. »

Dans *Hélice*, l'ample mouvement de la forme centrale balaie à la surface de la toile de nombreux segments et fragments colorés. « L'équipage était condamné à s'enfoncer, avant trente minutes, dans un cyclone qui le drosserait jusqu'au sol. » Fragments de couleurs... fragments de carlingue... fragments de vie...

Face à la disparition du courrier de Patagonie, un homme est seul : Rivière, le responsable de réseau. Seul dans l'action, seul dans la décision. L'écrivain en témoigne avec pudeur et douleur. L'ambivalence du personnage, dur quand il « dispose presque de la vie des hommes » ou tendre quand il s'avoue : « tous ces hommes, je les aime », nous renvoie là encore à la dualité des valeurs qui sous-tendent l'œuvre plastique de Delaunay. Comme un faisceau d'intentions positives qui vient se briser sur la dure réalité du métier de Rivière, le tableau propose au regard du spectateur la confrontation d'une lumière rayonnante à la dureté d'une ombre profonde.

… un rythme qui témoigne du désir profond de toucher le regard de chacun…

Les effets de va-et-vient que l'on peut percevoir entre *Hélice* et *Vol de nuit* témoignent de l'universalisme de l'art de Robert Delaunay. Le peintre et son épouse, qui ont toujours soutenu que l'artiste avait un rôle à jouer dans la société, ont ouvert leur création à de nombreux domaines, tels que le théâtre, le cinéma, l'édition, la mode. En 1935, leur action commune les confirme dans la volonté d'associer l'art à l'architecture : ils décorent les pavillons célébrant le triomphe de la modernité lors de l'Exposition universelle. Sur la base des travaux et recherches artistiques qu'il avait menés précédemment, Robert Delaunay réalise de grands décors muraux pour le Palais de l'air et le Palais des chemins de fer.

Dans l'œuvre du peintre, l'association des formes et des couleurs sur la toile crée un rythme qui témoigne du désir profond de toucher le regard de chacun. Chaque vibration de nuances et de contrastes est une invitation à partager l'enthousiasme du peintre pour la vie. Selon le mot de Blaise Cendrars dans *19 poèmes élastiques*, « Tout est couleur, mouvement, explosion de lumière ». L'œuvre de Delaunay est née d'une volonté farouche de construire un langage visuel sensible et accessible à tous.

Cette modernité du langage plastique s'est inscrite très vite dans un courant artistique d'avant-garde et aujourd'hui encore sa présence et son influence sont d'actualité. Qu'il s'agisse du courant cinétique (mouvement artistique des années 1950), ou des créations contemporaines dans les domaines de la mode, du cinéma, du graphisme ou de la publicité, sa touche et son esprit restent souvent perceptibles.

La volonté d'ouverture au monde moderne trouve sa parfaite illustration dans les nombreux effets de correspondance perçus entre l'œuvre de Robert Delaunay et l'univers littéraire d'Antoine de Saint-Exupéry, comme si chaque mot de l'écrivain avait trouvé dans le tableau sa résonance colorée.

DOSSIER

Le texte

en perspective

Lucien Giraudo

SOMMAIRE

Vie littéraire : Un humaniste des temps modernes **109**
1. L'éveil à la littérature — 109
2. De l'aventure aérienne… — 111
3. … à la méditation sur l'homme — 112
4. Le reporter — 114
5. Le philosophe et l'homme de science — 116
6. Le poète et le conteur — 117

L'écrivain à sa table de travail : Entre ciel et terre **120**
1. L'art du romancier — 120
2. Un roman symbolique — 125
3. La poétique du roman — 128

Groupement de textes thématique : Le combat dans le ciel **132**

André Malraux, *L'Espoir* (133) ; Joseph Kessel, *Mermoz* (135) ; Antoine de Saint-Exupéry, « Le pilote et les puissances naturelles » (138).

Groupement de textes stylistique : La terre vue du ciel **141**

Jules Verne, *Cinq semaines en ballon* (142) ; Antoine de Saint-Exupéry, *Terre des hommes* (144) ; André Malraux, *Antimémoires* (147) ; Michel Butor, « Alphabet d'un apprenti », *Michel Butor par Michel Butor* (149).

Chronologie : Antoine de Saint-Exupéry et son temps **151**
1. Les sciences et les lettres (1900-1919) — 151
2. Les débuts dans l'aviation (1919-1928) — 152
3. L'aventurier et l'écrivain (1928-1939) — 153
4. Les années de guerre (1939-1944) — 155

Éléments pour une fiche de lecture **157**

Vie littéraire

Un humaniste des temps modernes

ON SE FAIT SANS DOUTE une fausse idée de Saint-Exupéry lorsque l'on se borne aujourd'hui à associer son nom à ses récits liés à l'aviation et au *Petit Prince*. C'est oublier d'abord qu'il est un moraliste et que ses romans, qui sont en apparence marqués par les exploits des pionniers de l'aviation, ne sont qu'une occasion de montrer la grandeur et les faiblesses de l'homme. On se fait aussi une idée inexacte du *Petit Prince* lorsqu'on le considère comme un conte serein qui s'adresserait uniquement à de jeunes lecteurs. Ce conte n'est simple qu'en apparence et il s'adresse peut-être surtout à des adultes qui ne doivent pas oublier leur enfance. Par ailleurs, si l'on veut appréhender la vie littéraire de Saint-Exupéry de manière complète, il faut évoquer d'autres postures de l'écrivain.

1.

L'éveil à la littérature

Dans la famille aristocratique où naît Antoine de Saint-Exupéry, on avait l'habitude d'écrire et de recevoir des écrivains. Sa mère en particulier, qui peignait et écrivait, favorisa l'intérêt de son fils pour la littérature, comme en témoignent les nombreuses lettres qu'ils échangèrent régulièrement tout au cours de leur vie. De son côté, la sœur aînée d'Antoine publia en 1927 des récits sous le titre *Les Amis de Biche*. Plus tard, Saint-Exupéry se fiança quelque temps à Louise de Vilmorin, femme de lettres reconnue, qui était liée à de nombreux grands auteurs du XXᵉ siècle tels qu'André Malraux (1901-1976) ou Jean Cocteau (1889-1963). L'écriture et les arts, dans ce milieu cultivé, étaient une pratique sociale.

Saint-Exupéry écrit dès ses plus jeunes années de courts récits et des poèmes. Ses goûts se portent tout particulièrement sur les philosophes classiques du XVIIᵉ siècle comme René Descartes (1596-1650) et Blaise Pascal (1623-1662), mais il est peut-être encore plus attaché à ses poètes de prédilection : Victor Hugo (1802-1885), Charles Baudelaire (1821-1867), Arthur Rimbaud (1854-1891) ou Paul Verlaine (1844-1896). Il s'intéresse aussi à certains grands romanciers étrangers, dont, parmi les plus célèbres, Fedor Dostoïevski (1821-1881) et Franz Kafka (1883-1924), ainsi qu'aux philosophes et penseurs modernes comme Karl Marx (1818-1883) ou Sigmund Freud (1856-1939).

Ses premières œuvres sont centrées sur une littérature qui se veut « réaliste ». Le critique Gaëtan Picon (1915-1976) a salué la nouveauté qu'elles ont représentée dans le panorama littéraire de l'époque :

> Il a mis un style classique, sobre et fort, mais irrigué de poésie, au service de quelques sentiments fondamentaux : l'acceptation du devoir, la courageuse adhésion au destin, la fraternité humaine, et aussi l'amitié des

hommes pour leur terre – la planète familière que recherche l'avion perdu parmi les étoiles.

(*Panorama de la littérature française*,
Gallimard, 1949)

2.

De l'aventure aérienne...

Les textes de Saint-Exupéry liés au monde de l'aviation scandent l'ensemble de sa carrière littéraire, mais, malgré l'omniprésence de l'avion et une inspiration peu ou prou autobiographique, ils adoptent des formes différentes et offrent des enjeux originaux.

Le roman *Courrier Sud* (1928) met en scène Jacques Bernis, pilote sur la ligne Toulouse-Dakar, qui retrouve à Paris une amie d'enfance, Geneviève, installée dans un confort bourgeois. Insatisfaite de son mariage, Geneviève doit bientôt affronter la mort de son enfant atteint d'une grave maladie. Elle tente de fuir ses malheurs dans les bras de Bernis mais le pilote nomade ne peut lui offrir « des réalités qui durent ». Leur désir de bâtir une vie à deux reste sans lendemain. Bernis semble exilé et les différents moyens d'« habiter » cette terre (la femme, la religion, le métier) ne parviennent pas à le sortir de son angoisse de vivre. Il s'écrase avec son avion dans le désert.

À la composition complexe de *Courrier Sud,* qui semble rendre compte, par la distribution de certains motifs, de la recherche désespérée du héros, s'oppose la construction linéaire de *Vol de nuit* (1931), comme aimantée par le mot final (« victoire ») qui affirme le triomphe de l'humain sur les forces (morales ou cosmiques) qui l'oppressent. Le récit joue dramatiquement sur les rythmes temporels totalement maîtrisés et sur une alternance spatiale qui voit s'opposer l'infini du ciel nocturne qui menace le pilote Fabien, et le calme des bureaux où Rivière, le directeur, prend ses décisions. Pourtant, si Fabien disparaît dans la tempête, le thème de la solidarité entre les hommes fait ici son apparition ; c'est elle qui permet que la défaite d'un homme soit transcendée par la victoire, à travers les autres pilotes et toutes les équipes qui assurent le transport du courrier entre l'Amérique du Sud et l'Europe.

3.

... à la méditation sur l'homme

À ces deux romans, fort bien reçus par la critique et le public, succède, huit ans plus tard, une nouvelle œuvre intitulée *Terre des hommes* (1939). Toutefois Saint-Exupéry se décide à abandonner le roman : certains de ses camarades lui avaient reproché de « trahir » la condition du pilote dans ses romans, en devenant un « littérateur ». André Gide (1869-1951) lui aurait par ailleurs suggéré d'écrire un recueil de récits vécus :

> [...] un bouquet, une gerbe, sans tenir compte des lieux et du temps, le groupement en divers chapitres des sensations, des émotions, des réflexions de l'aviateur ; quelque chose d'analogue à ce que l'admirable *Mirror of the sea* de Conrad est pour le marin.

Dans *Terre des hommes* se développe une réflexion sur la condition de l'homme. Elle assure l'unité d'une narration marquée, dans un premier temps, par la diversité des récits de type autobiographique. L'unité de temps et de lieu, voire d'action, qui était si forte dans *Vol de nuit*, disparaît : on passe par exemple de l'Amérique du Sud à l'Afrique, de l'évocation de la mort de Jean Mermoz (1901-1936) en 1936 à l'exploit d'Henri Guillaumet (1902-1940) en 1930. Les huit chapitres rassemblent en fait des textes qui avaient au départ été écrits pour des revues ou des journaux. Ce qui leur donne finalement leur unité, c'est la dimension épique de l'ensemble, lisible dès le titre. Mais ici l'épique vise moins à glorifier le courage de héros individuels qu'à souligner la grandeur collective des hommes, à travers l'amitié, la solidarité et les rencontres ; l'enjeu est surtout de considérer l'aventure non pas comme un exploit en soi, mais comme une expérience qui se prolonge par une méditation sur l'espèce humaine, sur « l'ordre des choses », sur ce qui donne un sens à la vie et donc à la mort. De même, il s'agit pour Saint-Exupéry de révéler la Terre dans sa diversité, de donner à voir en particulier ses territoires déshérités (l'extrême pointe de l'Amérique du Sud, le désert au sud du Maroc) où pourtant l'homme est présent, et qu'il habite, mêlé à l'universel.

Alors que *Terre des hommes* précède l'entrée en guerre de la France contre l'Allemagne, *Pilote de guerre,* publié en 1942, est un récit autobiographique qui raconte une mission du groupe 2/33 de grande reconnaissance, qui devait fournir des informations sur les positions de l'armée allemande autour d'Arras, dans le nord de la France. Ce livre célèbre l'héroïsme et le sacrifice, lorsque, pendant la « drôle de guerre », l'aviation française combattait des avions ennemis bien plus puissants que les siens ; mais Saint-Exupéry a surtout en tête de « rendre à la France le respect et l'estime des États-Unis que son image, ternie par la défaite, ne suscitait plus et, par là, de conduire l'opinion publique américaine à accepter l'idée d'une participation active des États-Unis aux combats menés en Europe » (Paule Bounin).

Face à la débâcle de la France et de son armée, face à la menace d'un monde qui sombre et face à la valeur même des mots qui conduisent « vers des contradictions sans issue », Saint-Exupéry se souvient paradoxalement de son enfance pour pouvoir affronter la mort ; en particulier la mémoire de son bonheur passé, au sein d'une maison protectrice, lui semble la clef de voûte qui le rattache à l'humain, face aux sombres visages de la barbarie.

4.

Le reporter

Alors qu'il devait faire face à des soucis d'argent, différents journaux tels que *Paris-Soir*, *Marianne*, ou *L'Intransigeant* sollicitent Saint-Exupéry pour des reportages qui s'appuient sur ses missions, ses voyages, ses relations avec des aviateurs prestigieux, ses connaissances techniques. Plusieurs de ces textes seront repris dans *Terre des hommes*.

Saint-Exupéry distingue clairement son rôle de journaliste d'un côté et son rôle d'écrivain et de penseur de l'autre : « Je sais quels reproches on m'adressera. Les lecteurs d'un journal réclament des reportages concrets, non des réflexions » ; mais il y a, selon lui, une noblesse du journaliste qui tente d'éclairer le monde : « Il espère quand il jette des sarments au vent entretenir quelques-uns de ces feux qui brûlent de loin en loin dans la campagne. » Si bien qu'il est rare que, dans ses reportages vivants, les réflexions ne se glissent à un moment ou à un autre, tant le désir de comprendre se manifeste toujours sous sa plume.

En mai 1935, il réalise un reportage sur Moscou, où il montre le régime socialiste sous un jour positif; les problèmes et les contraintes ne sont pas ignorés mais ils sont situés et compris au sein d'un système politique et de ses enjeux; Saint-Exupéry est sensible à la marche de l'histoire, à l'utopie qui anime le socialisme, à la force épique qui se dégage d'une telle entreprise. En 1937, un autre reportage intitulé « Espagne ensanglantée » permet à Saint-Exupéry d'évoquer la guerre civile espagnole et il insiste alors sur la rencontre entre le simple individu « comptable quelque part à Barcelone » et le sens tragique de l'histoire qui se manifeste par l'engagement contre l'ennemi. Saint-Exupéry sait traduire avec grandeur le destin qui s'élargit à travers l'épreuve de la guerre :

> Mais toi brusquement tu as découvert, à la faveur de l'épreuve nocturne qui t'a dépouillé de tout l'accessoire, un personnage qui vient de toi et que tu ne connaissais point. Tu le découvres grand et ne sauras plus l'oublier. Et c'est toi-même. [...] Voilà qu'il est délivré de sa gangue, le seigneur endormi que tu abritais : l'homme.

5.
Le philosophe et l'homme de science

La lecture des *Carnets* de Saint-Exupéry, qui n'étaient pas au départ conçus pour être publiés, permet de découvrir les nombreux champs d'intérêt d'un intellectuel de l'époque, comme le note Michel Autran :

> Saint-Exupéry passe sans crier gare de la politique à la psychanalyse, des mathématiques à la sociologie, de la morale à l'économie, de la psychologie à la biologie, et n'oublie ni la métaphysique ni la religion.

Avec Saint-Exupéry, nous avons donc affaire à un véritable humaniste des temps modernes, qui s'intéresse à l'homme dans toutes ses dimensions. Il rédige souvent des notes hâtives mais toujours d'une grande précision, qui s'attachent à poser les problèmes justes avec ordre et méthode. Les grandes questions soulevées par l'histoire ou la science sont envisagées d'un point de vue contradictoire, ce qui met davantage l'accent sur une réflexion engagée qui ne possède pas de réponses toutes faites. De ce point de vue, Saint-Exupéry n'hésite pas à se confronter aux grandes idéologies de son temps que sont le socialisme et le fascisme. Dans le domaine économique, il s'intéresse à la circulation de la monnaie, au système bancaire, au modèle de l'entreprise, aux salaires, aux différentes économies mondiales. Ainsi, ses références, toujours concrètes, appuient la mise en place de concepts, tandis que la précision de sa réflexion n'empêche aucunement la hauteur de vue et les visions pour l'avenir.

6.

Le poète et le conteur

Il peut sembler étonnant de parler de la dimension poétique de Saint-Exupéry, tant son nom reste attaché aux grands romans de l'aviation et à l'action vécue. Pourtant, il suffit de s'attarder sur le poids des images dans ces mêmes romans, sur les réflexions de ses *Carnets*, sans parler du souffle lyrique qui anime *Citadelle* (1948), ou encore de la fantaisie des dessins et des thèmes qui font l'intérêt du *Petit Prince* pour se rendre compte de l'importance de son univers poétique.

Chez Saint-Exupéry, le poète n'est donc jamais loin du romancier et du conteur. Son style est fondé en particulier sur les images dont il souligne la force magique puisque, selon lui, elles nous ouvrent à un autre monde (*Carnet I*) :

> Cet univers est total quoique non explicite. On ne sait même pas qu'il existe et cependant on le subit. […] On est renouvelé, on fait partie d'une certaine civilisation neuve.

Nul doute que c'est cet univers que nous fait entrevoir *Le Petit Prince*, où tant d'éléments autobiographiques sont mêlés à une atmosphère de conte et de légende propre au monde contemporain : un aviateur tombé en panne dans le désert rencontre un petit garçon singulier qui voyage de planète en planète à la recherche de la Rose. Au cours de ce récit initiatique apparaissent divers personnages déconcertants : le Serpent, les Fleurs, le Renard, mais aussi l'Aiguilleur et le Marchand de pilules et bien d'autres figures de grandes personnes. À travers ce conte poétique, Saint-Exupéry évoque la brièveté de la destinée humaine, l'angoisse de la solitude et la persistance de l'enfance dans la vie adulte. Il met surtout en contact l'enfance et l'acceptation de la mort, car la « mort que se choisit le héros est celle d'un adulte qui a touché le bout de la nuit » (Michel Autran), ce qui ne nous éloigne finalement pas de *Vol de nuit*.

Sous d'autres couleurs symboliques, on retrouve cette image de la destinée humaine dans le grand texte posthume de Saint-Exupéry intitulé *Citadelle*, ébauché dès 1936 mais repris surtout entre 1941 et 1943. Toujours menacée par les sables, la citadelle est une nouvelle figure de l'avion menacé par la nuit ou de la maison de l'enfance menacée par l'oubli. Le vieux monarque oriental de la citadelle est le véritable protecteur de la construction plus que les murs eux-mêmes. Il incarne la force de l'esprit qui maintient la construction humaine debout. Cette force passe à travers les règles et les lois qu'il impose, à travers la sévérité qu'il manifeste pour les faire appliquer, à travers son goût de l'absolu qui le pousse à célébrer un dieu qui n'est autre que l'homme lui-même, c'est-à-dire une « image contenant un homme en puissance et favorisant ce qui de l'homme […] paraît noble ». Finalement le roi lui-même est le dépositaire de l'unité de la citadelle. Poème à la fois lyrique et didactique, *Citadelle* s'appuie sur une langue richement imagée qui puise à la source des « grands mythes rafraîchissants » et rappelle la Bible ou la parole du Zarathoustra de Friedrich Nietzsche (1844-1900).

Pour prolonger la réflexion

Luc ESTANG, *Saint-Exupéry par lui-même*, Seuil, 1963.

Jules ROY, *Saint-Exupéry*, 1964, rééd. 1998, La Renaissance du livre.

Nathalie DES VALLIÈRES, *Saint-Exupéry, L'archange et l'écrivain*, 1998, « Découvertes », Gallimard.

Paul WEBSTER, *Saint-Exupéry, vie et mort du Petit Prince*, Le Félin, 1994.

L'écrivain
à sa table de travail
Entre ciel et terre

1.

L'art du romancier

L'histoire de *Vol de nuit* se situe en Amérique du Sud dans les années 1920, lors de la naissance de l'aviation commerciale. Rivière, chef de la compagnie de l'Aéropostale, veut prouver, avec l'ensemble de son équipe, que l'avion est un moyen bien plus rapide que le train pour acheminer le courrier de tout le continent vers Buenos Aires et pour le faire partir ensuite vers l'Europe. Pour cela les équipages doivent assurer des vols de nuit fort dangereux : la technique aéronautique en est encore à ses débuts, les manifestations climatiques peuvent être d'une grande violence dans ces contrées, sans parler du relief montagneux toujours menaçant lorsqu'il n'y a pas de visibilité. Le récit raconte donc l'histoire du pilote Fabien qui se perd lors d'un vol de nuit dans une tempête.

Avec ce roman sur l'univers de l'aviation, Saint-Exupéry propose une nouvelle approche des personnages, ainsi qu'un nouveau traitement de la représentation du temps et de l'espace romanesques.

1. *Des personnages sans visage*

Traditionnellement les personnages du roman sont présentés dans un milieu social, ils ont un passé, sont incarnés à travers des descriptions, et l'on peut observer leur évolution à travers une tranche assez large de leur vie. On remarquera que dans *Vol de nuit*, toutes ces caractéristiques font défaut même lorsqu'il s'agit des personnages principaux que sont Rivière et Fabien. Personnages sans milieu, sans passé, sans visage, ils sont conçus comme des présences ou des forces, comme des êtres qui incarnent des passions et sont tendus vers l'action. Ce sont des êtres pour qui tous les gestes et toutes les décisions sont devenus essentiels. La présence de la nuit ne fait qu'épurer cette présence quasi minérale des personnages; voici comment apparaît le pilote Fabien à son radio qui se trouve derrière lui dans l'habitacle de l'avion (p. 35) :

> Une tête et des épaules immobiles émergeaient seules de la faible clarté. Ce corps n'était qu'une masse sombre, appuyée un peu vers la gauche, le visage face à l'orage, lavé sans doute par chaque lueur. Mais le radio ne voyait rien de ce visage. Tout ce qui s'y pressait de sentiments pour affronter une tempête : cette moue, cette volonté, cette colère, tout ce qui s'échangeait d'essentiel, entre ce visage pâle et, là-bas, ces courtes lueurs, restait pour lui impénétrable.

On voit ici comment la description efface toutes les caractéristiques individualisantes du personnage de Fabien («une tête, des épaules»), et, malgré la proximité des deux hommes liés devant le danger, on observe comment la négation («ne voyait rien, impénétrable») vise à représenter moins la psychologie d'un personnage que la grandeur humaine en conflit avec une force supérieure symbolisée ici par la tempête. On remarque que lorsque de discrets éléments viennent individualiser les personnages, comme la maladie de Rivière (atteint vraisemblablement d'un cancer), le drame personnel est immédiatement conçu comme un moyen de mieux comprendre le monde et d'agir sur lui : « Son propre mal lui enseignait beaucoup de choses : "Cela ouvre certaines fenêtres", pensait-il. » (p. 36). Ce passage aux allures sentencieuses traduit une morale pratique qui cherche une efficacité plus grande. Enfin lorsque Rivière au téléphone doit parler à la femme de Fabien qui pressent que son mari est perdu, le dialogue pathétique est écarté au profit d'un conflit de valeurs (p. 64) :

> En face de Rivière se dressait, non la femme de Fabien, mais un autre sens de la vie. [...] Car ni l'action ni le bonheur individuel n'admettent le partage : ils sont en conflit.

Ainsi peut-on dire que les protagonistes de *Vol de nuit* sont, avant tout, des figures qui incarnent des valeurs. Par contraste, les personnages secondaires portent les marques de la vie quotidienne, comme le vieux mécanicien Roblet aux mains usées par son travail contre la rouille, ou l'inspecteur Robineau, qui n'est pas toujours à la hauteur de ses missions, mais qui est un passionné de géologie.

2. *Du temps des horloges au temps cosmique*

L'ensemble du roman court sur une seule nuit. On peut dire qu'il y a, de ce point de vue, une très forte unité de temps. Les premières lignes signalent les approches du soir tandis que les derniers chapitres annoncent la venue d'une belle journée (p. 87) :

> Buenos Aires, déjà, emplissait l'horizon de son feu rose, et bientôt luirait de toutes ses pierres, ainsi qu'un trésor fabuleux.

Mais, sous cette apparente linéarité, le traitement temporel se présente de façon complexe. Tout d'abord, le temps mathématique des horloges est coloré, selon la perception des personnages, par des registres différents : tragique pour Fabien dans la mesure où « il s'agissait de vivre vingt minutes à peine dans ce béton noir » (p. 53) de l'orage et qu'il n'y parvient pas ; pathétique pour la femme de Fabien qui se réveille régulièrement pour situer dans le ciel la « marche du courrier de Patagonie » et qui téléphone à l'heure où habituellement son mari vient d'atterrir (p. 61) ; tension dramatique aussi, liée au suspense, lorsque Rivière tente, en vain, de faire prendre des informations sur l'avion de Fabien.

Par ailleurs, s'il est vrai que le temps se déroule de manière linéaire, il existe néanmoins une alternance des points de vue : chapitres consacrés à l'avion en perdition dans la nuit et chapitres qui évoquent l'attente au sol ou les occupations des personnages secondaires. Cette alternance crée d'efficaces contrepoints et un effet de suspense.

Enfin, il faut évoquer le temps cosmique qui, sous la forme de l'orage ou du cyclone, fait d'abord dériver l'appareil, abolit tous les repères et tient finalement en échec la technique humaine, en enfermant Fabien et son radio dans une sorte de prison en plein ciel (p. 54) :

> Là, au milieu d'aiguilles et de chiffres, le pilote éprouvait une sécurité trompeuse : celle de la cabine du navire sur laquelle passe le flot.

Plusieurs temporalités se combinent à travers leur propre rythme, mais toutes sont aimantées par l'irréversibilité du drame : « Chaque seconde emporte quelque chose » (p. 82).

3. *Un nouveau sentiment de l'espace*

L'irruption de l'avion dans le roman, si elle complexifie le rapport au temps, bouleverse aussi la représentation de l'espace. Le fait de surplomber la terre à une grande hauteur pourrait faire penser que, pour Fabien, il s'agit d'une entité lointaine. Mais c'est le contraire qui se produit. Tout d'abord, il éprouve un sentiment d'attachement vis-à-vis de la terre, et lorsqu'il aperçoit un village minuscule, il « eût désiré vivre ici longtemps, prendre sa part ici d'éternité » (p. 10). En même temps, le gigantisme de l'espace qui se déroule sous lui le pousse à éprouver un sentiment de possession et de conquête (p. 13) :

> Fabien le découvre quand il vient de mille kilomètres et sent des lames de fond profondes soulever et descendre l'avion qui respire, quand il a traversé dix orages, comme des pays de guerre, et, entre eux, des clairières de lune, et quand il gagne ces lumières, l'une après l'autre, avec le sentiment de vaincre.

Par ailleurs, en opposition avec cet espace ouvert, il y a l'espace intérieur de la carlingue, et dans ce périmètre étroit qui l'isole du monde extérieur, le pilote expérimente de nouvelles sensations (p. 12) :

> Il tapota le tableau de distribution électrique, toucha les contacts un à un, remua un peu, s'adossa mieux, et chercha la position la meilleure pour bien sentir les balancements des cinq tonnes de métal qu'une nuit mouvante épaulait.

Le pilote fait ici pratiquement corps avec son avion ; ailleurs, au contraire, lorsqu'il lutte contre l'orage, il ne sent plus rien dans ses mains : « Quelque chose d'étranger terminait ses bras » (p. 69).

2.

Un roman symbolique

À partir d'un drame qui pourrait se borner à être un fait divers, le roman s'oriente dans une perspective symbolique : les protagonistes portent en eux l'effort que fait l'homme pour lire un destin qui leur échappe et pour faire triompher des valeurs humaines partagées.

1. *L'action et le sacrifice*

Rivière est présenté comme le responsable du réseau. Les trois avions postaux de la Patagonie, du Chili et du Paraguay convergent vers ce pôle magnétique que représente Rivière et qui les attend sur le terrain d'atterrissage de Buenos Aires. Mais Rivière est plus que le chef ou le responsable, il est l'âme de l'entreprise, la conscience supérieure, celui qui coordonne toutes les énergies, préoccupé par tous les dangers et les obstacles (p. 14) :

> Minute par minute, à mesure que les télégrammes lui parvenaient, Rivière avait conscience d'arracher quelque chose au sort, de réduire la part d'inconnu, et de tirer ses équipages, hors de la nuit, jusqu'au rivage.

Par là, il figure le dépassement de soi dans l'action qui innerve tout le réseau. Sa vision, qui va au-delà de tout sentiment individuel (qu'il s'agisse du bonheur, de l'amour, de l'amitié ou de la mort), relève du registre épique : c'est pourquoi il est comparé à un conducteur de peuple qui se préoccupe non de la mort individuelle mais de celle de l'espèce : «Et il menait son peuple dresser au moins des pierres, que n'ensevelirait pas le désert» (p. 66).

Mais cette figure surhumaine possède sa part d'humanité dans la mesure où le personnage a conscience du sacrifice qu'impose le devoir. Ainsi Rivière, méditant sur le sort de son pilote perdu, fait-il un admirable éloge de Fabien à travers l'image de la main, à la fois toute puissante dans l'amour et si fragile devant la destinée (p. 76) :

> Rivière pense à la main de Fabien, qui tient pour quelques minutes encore sa destinée dans les commandes. Cette main qui a caressé. Cette main qui s'est posée sur une poitrine et y a levé le tumulte, comme une main divine. Cette main qui s'est posée sur un visage, et qui a changé ce visage. Cette main qui était miraculeuse.

La répétition du mot «main», comme une litanie, confère à ce passage un accent de déploration.

2. *La nuit*

La nuit est le thème majeur du livre, présent dès le titre et développé jusqu'à la fin. C'est aussi l'originalité du roman de se dérouler dans une obscurité symbolique pour «révéler». D'abord la nuit permet de désigner, par contraste, la présence humaine et indique un monde habité (p. 11-12) :

> La terre était tendue d'appels lumineux, chaque maison allumant son étoile, face à l'immense nuit, ainsi

> qu'on tourne un phare vers la mer. Tout ce qui couvrait une vie humaine déjà scintillait.

Si elle est, pour cela, désirée par Fabien, la nuit est aussi une figure de l'ennemi, la force contre laquelle il faut combattre, force absolue qui prend les formes de la mer ou de l'infini, mais qui permet de faire le compte des « camarade[s] de combat » (p. 39). La nuit permet de s'unir dans l'action. C'est aussi le moment de la méditation solitaire. Rivière comprend, dans la nuit, quel comportement adopter envers ses hommes (p. 50) :

> Mais ce sont les événements que je sers. Il faut que je forge les hommes pour qu'ils les servent. Comme je la sens bien cette loi obscure, le soir, dans mon bureau, devant les feuilles de route.

La nuit est enfin étroitement liée, dans ce roman, au thème du courrier qui unit les êtres et les continents à travers l'écriture.

3. *Défaite ou victoire ?*

On sait que le destin tragique de Fabien perdu dans la nuit aurait pu arrêter le projet des vols de nuit. Rivière a imposé ces vols à force de détermination : « Il se souvient des tapis verts, devant lesquels, le menton au poing, il avait écouté, avec un étrange sentiment de force, tant d'objections » (p. 52). Il est convaincu que cette solution est « inévitable », qu'elle s'inscrit dans le mouvement de la vie et que « c'est la pente naturelle des événements » (p. 52). Ainsi, malgré la mort d'un de ses hommes, Rivière entend poursuivre le combat. Il s'inscrit dans un mouvement puissant qui affirme la marche de l'humanité, qui incarne une étape dans la marche de l'histoire (p. 89) :

> Victoire... défaite... ces mots n'ont point de sens. La vie est au-dessous de ces images, et déjà prépare de nouvelles images. Une victoire affaiblit un peuple, une défaite en réveille un autre.

L'avion est lui-même l'étape d'un progrès non seulement technique mais aussi éthique puisqu'il fait appel à toutes les valeurs d'un héroïsme partagé, fraternel, qui relie les hommes entre eux à travers ce frémissement de la vie « sur quinze mille kilomètres ». C'est pourquoi les dernières lignes du texte proclament le poids de la victoire : « Rivière-le-Grand, Rivière-le-Victorieux, qui porte sa lourde victoire (p. 89). » Le personnage accède alors à un statut historique, tel un roi ou un empereur.

3.

La poétique du roman

Vol de nuit est un roman qui ne revendique aucune modernité apparente dans l'écriture : il est écrit par un narrateur omniscient qui utilise les temps du passé. Pourtant certaines particularités permettent de mettre en relief une poétique romanesque.

1. *Parole et silence*

S'il y a quelques paroles échangées par les personnages, les dialogues sont peu nombreux, surtout dans les grands moments de tension : presque aucun mot n'est prononcé lors de la confrontation entre la femme de Fabien et Rivière, et lorsque les autres pilotes apprennent la perte de Fabien : « "Fabien a disparu ?" Ils en parlèrent peu. Une grande fraternité les dispensait des phrases » (p. 88). Pourtant, rien de plus important que les mots reçus par télégramme ou ceux recueillis par la radio, et l'on peut dire alors qu'il y a une ascèse de la langue qui va droit à l'essentiel :

> [...] toutes les escales, devant eux, leur signalaient :
> « Ciel pur, vent nul. »
> Il répondit :
> « Continuerons » (p. 10).

Le langage qui relie les êtres lointains porte en lui la dureté du minéral et la lumière des étoiles. Lorsque c'est Rivière qui parle, il s'agit d'une parole verticale (paradoxe pour un homme qui reste au sol), qui s'impose à ses hommes comme un décret divin, comme lorsqu'il demande à Robineau de sanctionner Pellerin, « victime » de l'amitié de l'inspecteur : « Faites comme si vous me compreniez, Robineau. Aimez ceux que vous commandez. Mais sans le leur dire » (p. 33). Il y a bien dans ce roman une réflexion sur la parole et sur le silence.

2. *La phrase lapidaire*

Tout comme le récit, bref et tendu vers sa fin, scandé en vingt-trois courts chapitres, la phrase du roman est marquée généralement par sa brièveté et profilée pour la vitesse, comme un fuselage d'avion. C'est la parataxe (juxtaposer ou coordonner ce qui devrait être subordonné) qui domine et parfois même les propositions subordonnées sont détachées de leur principale par un point : « L'avion roulait déjà dans le faisceau des phares. Si brillant qu'il en semblait neuf » (p. 17). C'est là mettre en lumière, par de nouveaux cadrages syntaxiques, une attention portée aux objets du monde. Lorsque la phrase s'allonge, elle comporte une insistance, une expression superlative combinée à des effets rythmiques, voire à des anaphores : « Sur deux cents kilomètres d'épaisseur, plus un homme, plus un souffle de vie, plus un effort » (p. 18). Lorsque la phrase traduit la pensée intérieure de Rivière, elle utilise des procédures d'argumentation et prend la forme de moralités en actes. L'idée, densifiée, se module alors en formules frappantes : « Parce que les événements, on les commande, pensait Rivière, et ils obéissent, et on crée » (p. 42).

3. *La somptuosité des images*

Alors que la densité des mots et la tension des phrases confèrent un grain serré à l'écriture de Saint-Exupéry, le recours aux images vient iriser le texte et l'irriguer de leur dynamisme : « Les collines, sous l'avion, creusaient déjà leur sillage d'ombre dans l'or du soir » (p. 9). Les images s'appuient sur les éléments du cosmos (l'eau, le feu, la terre...) ou de l'humain (l'univers pastoral ou urbain, naturel ou technique...). L'image de la mer, associée à la nuit, peut fonctionner comme une métaphore filée. Les objets, et tout particulièrement ceux qui touchent à l'avion, sont personnifiés ou animés. L'image unifie un monde cloisonné parfois à travers un seul mot (p. 29) :

> [...] le ciel de Santiago du Chili, un ciel étranger, mais une fois le courrier en marche vers Santiago du Chili, on vivait, d'un bout à l'autre de la ligne, sous la même <u>voûte</u> profonde.

Parfois, une comparaison claire articule l'analogie entre deux époques technologiques : « Et il l'aima de parler simplement métier, de parler de son vol comme un forgeron de son enclume » (p. 22). Les images constituent bien dans ce roman une nouvelle manière de voir et d'habiter le monde (p. 72) :

> Ces nuages, au-dessous de lui, renvoyaient toute la neige qu'ils recevaient de la lune. Ceux de droite et de gauche aussi, hauts comme des tours. Il circulait un lait de lumière dans lequel baignait l'équipage.

Pour prolonger la réflexion

Daniel ANET, *Antoine de Saint-Exupéry, poète, romancier, moraliste*, Corréa, 1946.

Geneviève LE HIR, *Saint-Exupéry ou la force des images*, Imago, 2002.

Michel QUESNEL, *La Démarche créatrice de Saint-Exupéry*, thèse, 1974.

Alain VIRCONDELET, *Antoine de Saint-Exupéry*, Julliard, 1994.

Groupement de textes thématique

Le combat dans le ciel

LE THÈME DU COMBAT semble curieusement attaché à ce moyen de liaison extraordinaire qu'a été l'avion dans la période de l'entre-deux-guerres : combat contre les forces du ciel déchaîné, mais aussi, lorsque l'avion devint un instrument de guerre, combat contre les forces ennemies.

Ce combat prend naturellement une dimension tragique car la moindre difficulté, dans l'immensité du ciel, peut signifier un face-à-face avec la mort. Brusquement l'homme se trouve aux prises avec des forces qui le dominent et vont l'écraser alors qu'il pensait pouvoir jouir de cette liberté qu'il éprouve dans les airs et de cette vitesse qui l'emporte à travers l'espace.

Ce combat dans le ciel peut enfin avoir des enjeux différents selon que le pilote affronte seul l'adversité ou qu'il fait partie d'un équipage. Dans le premier cas, l'héroïsme le pousse à se vaincre lui-même, à maîtriser sa propre peur, à ne compter que sur ses propres forces : il parvient au dépassement de soi. En revanche, soutenu par la présence de ceux qui font équipe avec lui (le radio, le mécanicien, le bombardier, les mitrailleurs…), le pilote est poussé par un sentiment de solidarité et se sent responsable de la vie des autres. Mais, même seul aux commandes, le pilote se sent, de toutes manières, lié à ceux qui l'attendent à terre, à ceux qui comptent sur lui.

André MALRAUX (1901-1976)
L'Espoir (1937)
(Folio n° 20)

Le roman évoque comment, pendant la guerre civile espagnole (1936-1939), les forces républicaines aidées par les Brigades internationales s'opposent à l'armée du dictateur Franco appuyée par les forces fascistes italiennes et allemandes. La scène se passe à l'intérieur d'un des avions « républicains » pris en chasse par une escadrille ennemie, à proximité de la ville de Malaga, au sud de l'Espagne.

Quand Attignies[1] se retourna, le mécanicien se frottait les mains pleines d'huile des manettes de bombardement. Attignies regarda de nouveau devant lui, le ciel plein de cumulus nets : dix-huit avions de chasse ennemis — en retard — arrivaient en deux groupes. Et d'autres derrière probablement.
Les balles traversèrent la tourelle avant.
Sembrano reçut un furieux coup de trique sur le bras droit qui se mit à pendre. Il se retourna vers le second pilote : « Prends le manche ! » Reyes ne tenait pas le manche, mais son ventre, à deux mains. Sans la ceinture qui le retenait, il fût tombé sur Attignies, revenu en arrière, allongé dans la carlingue, un pied dans le sang. Sans doute la chasse ennemie, passée derrière l'avion, allait-elle tirer en profondeur ; aucune protection possible : devant ce nombre d'ennemis, les cinq

---

1. Il s'agit du bombardier. Les autres membres de l'équipage sont : Sembrano, le pilote ; Reyes, le second pilote ; Pol, le mécanicien, ainsi que des mitrailleurs.

chasseurs républicains devaient protéger la fuite de l'autre multiplace, en meilleure position de combat. Les trous dans la carlingue étaient des trous de petits obus : les Italiens avaient des canons-mitrailleuses. Le mitrailleur arrière était-il blessé ou non ? À l'instant où Sembrano se retournait, son regard passa sur son moteur droit : il flambait, Sembrano coupa. Aucun de ses mitrailleurs ne tirait plus. L'avion baissait, seconde par seconde. Attignies était penché sur Reyes, descendu de son siège, et qui demandait inlassablement à boire. « La blessure au ventre », pensa Sembrano. Une nouvelle rafale ennemie passa sur l'avion, touchant seulement le plan droit. Sembrano pilotait des pieds et du bras gauche. Le sang coulait doucement sur sa joue : sans doute était-il blessé aussi à la tête, mais il ne souffrait pas. L'avion baissait toujours. Derrière, Malaga : au-dessous, la mer. Là-bas, au-delà d'une bande de sable large de dix mètres, une barre de rochers.

Pas question de parachutes, la chasse ennemie suivait et l'appareil était déjà trop bas. Impossible de remonter : le gouvernail de profondeur, sans doute déchiré par les balles explosives, ne répondait qu'à peine. L'eau était maintenant si près que le mitrailleur du dessous rentra sa cuve et se coucha dans la carlingue, les jambes ensanglantées lui aussi. Reyes avait fermé les yeux, et parlait basque. Les blessés ne regardaient plus la chasse ennemie, dont arrivaient les dernières balles, isolées : ils regardaient la mer. Plusieurs d'entre eux ne savaient pas nager — et on ne nage pas avec une balle explosive dans le pied, le bras ou le ventre. Ils étaient à un kilomètre de la côte, à trente mètres au-dessus de la mer : au-dessous, quatre ou cinq mètres d'eau. La chasse ennemie revint, tira de nouveau de toutes ses mitrailleuses : les balles traçantes tendirent autour de l'avion une toile d'araignée de traits rouges. Les vagues claires et calmes du matin, sous Sembrano, réverbéraient le soleil avec un bonheur indifférent : le mieux était de fermer les yeux, et de laisser descendre lentement l'avion, jusqu'à... Son regard rencontra soudain le visage de Pol, inquiet, couvert de sang, mais toujours apparemment joyeux. Les traits rouges des balles entouraient l'appareil plein de sang, où Attignies était maintenant penché sur Reyes descendu de son siège et qui semblait râler : le visage de Pol, le seul que vît Sembrano de face, ruisselait lui aussi : mais il y avait dans ses joues lisses de gros Juif boute-en-train un tel désir de vie que le pilote fit un dernier effort pour se servir de son bras droit. Le bras avait disparu. De toute sa force, pieds et bras gauche, il cabra l'appareil.

Joseph KESSEL (1898-1979)

Mermoz (1938)

(Folio n° 232)

Dans cette biographie consacrée à son ami Jean Mermoz, Joseph Kessel évoque la vie de l'un des plus intrépides héros de l'histoire de l'aviation. Dans ce passage on verra comment Mermoz, aux commandes d'un hydravion (qui fait la traversée entre Saint-Louis du Sénégal et l'Amérique du Sud pour transporter du courrier), s'apprête à traverser le Pot-au-Noir, zone de turbulence atmosphérique redoutée de tous les aviateurs. Mermoz vient juste de recevoir un télégramme de sa mère que le radio Gimié a réussi à capter (« Mon Jean suis avec toi — stop — Maman ») et qui lui redonne courage.

Alors, dans les dernières lueurs du jour, jaillissant de la mer verte et rose, Mermoz aperçut une gigantesque et noire muraille. Il ramassa ses épaules dans un mouvement de charge et fonça. Il n'avait plus d'inquiétude. Il était protégé.
La paroi ténébreuse du Pot-au-Noir semblait soudée à l'eau. Mais, en approchant d'elle, Mermoz crut distinguer entre la surface obscure de l'Océan et la base de la montagne de nuées, un très mince couloir. Il y

engagea son appareil. Aussitôt il connut que, de tous les lourds enchantements fendus par les ailes de ses avions comme par autant de glaives, celui-là était le plus pesant. Quand les enfants imaginent les cavernes maudites des magiciens, ils ne voient pas un monde plus funeste que celui qui se présenta aux yeux de Mermoz et de ses compagnons, lorsqu'ils eurent pénétré dans le Pot-au-Noir. Un chaos de ténèbres bouillonnantes les environna. Au sein de cet univers sans lueur, se distinguaient des colonnes de pluie, des amas plus sombres et qui avaient la forme de bêtes géantes, de châteaux monstrueux, de bornes infernales. Tous ces édifices impalpables et noirs tourbillonnaient sans fin sur eux-mêmes, pris dans un mouvement éternel et stérile. C'était comme une tornade sans vent. Des entonnoirs se creusaient à l'infini, comblés par des blocs de nuées qui, d'un seul coup, s'évidaient pour laisser fondre dans leurs flancs une nouvelle et muette et sombre avalanche.

Mermoz naviguait parmi cette tempête immobile. Il glissait entre ses piliers les plus épais, évitait ses cataractes verticales, ses vapeurs croulantes. Pas un souffle d'air ne remuait cette masse d'eau en ébullition, cette immense et terrible chaudière. Le vent de l'hélice envoyait dans la cabine un souffle mouillé et brûlant. Mermoz, Dabry et Gimié enlevèrent leurs vêtements. Le torse nu, éclairé par les lumières du bord, Mermoz cherchait en vain à emplir sa poitrine d'air pur. Il pencha son visage en dehors de la cabine, le plongea dans la nuit tournoyante. Il se rejeta aussitôt en arrière. Un jet d'acide enflammé n'eût pas été plus corrosif. Il sembla à Mermoz qu'il était devenu aveugle. La vapeur ardente avait brûlé ses yeux, mais ses mains continuèrent d'agripper le volant. La moindre faute pouvait rompre l'équilibre de l'appareil qu'il menait en aveugle. Comment le rattraper s'il glissait, alors que les ailes et la queue étaient noyées dans la plus épaisses des ombres ? Avec une douleur atroce, Mermoz souleva ses paupières. Les lampes du tableau de bord clignotaient. Il respira.

Dabry, nu jusqu'à mi-corps, surgit comme un spectre du fond des ténèbres, vint lui apporter le cap à suivre. Pour Gimié, le monde était mort. La cloison des nuées et des trombes d'eau arrêtait les ondes hertziennes. Les sortilèges humains se dénouaient au seuil du Pot-au-Noir.

L'hydravion frayait son chemin depuis des heures dans ces ténèbres ruisselant d'un feu liquide, lorsque, avec une brutalité sauvage, un torrent brûlant se déversa dans l'appareil. Pressé de toutes parts, Mermoz n'avait pu éviter une colonne de pluie qui semblait de la lave fondue. De l'avant à l'arrière la cabine fut inondée. Une vapeur suffocante saisit les trois hommes à la gorge. La soif les dévora. Mermoz, le premier assailli et fournissant un effort physique énorme, souffrait plus que ses compagnons. Mais il ne pouvait pas songer à un mouvement qui ne fût destiné au salut de tous. L'appareil vibrait, tremblait, tombait, glissait dans des pièges invisibles. Au prix de trois vies, il ne fallait pas le laisser une seconde à lui-même. Une autre trombe s'abattit, pénétra dans le moteur, l'engorgea, le noya. « S'il baisse encore de régime, c'est la fin », pensa Mermoz, le regard rivé un instant au compte-tours lumineux.

Puis il le releva vers la nuit aux néfastes spirales.

Au nord-ouest frémissait une très pâle lueur. Un passage, une éclaircie... Mermoz comprit que le détour était nécessaire. Il dirigea son avion vers le couloir de clarté. Le moteur rétablit sa cadence.

Quand la proue de l'appareil eut déchiré le dernier voile du Pot-au-Noir, les trois hommes virent un prodige. La pleine lune emplissait de sa lumière et le ciel et l'onde. Il n'y avait pas un repli du flot ni du firmament qui n'en fût pénétré. Un suave argent coulait le long des vagues. L'espace n'était qu'une vibration immense et lumineuse. L'hydravion voguait à travers un rayonnement nacré et parcouru de brises. L'univers avait la couleur, la substance, la bonté du lait le plus pur et du jeune miel.

Antoine de SAINT-EXUPÉRY (1900-1944)
« Le pilote et les puissances naturelles »
(16 août 1939)

(article du journal *Marianne*,
repris dans *Œuvres* I, Pléiade)

Saint-Exupéry vient de quitter l'escale de Trelew en direction de Comodoro-Rivadavia et survole la cordillère des Andes. Il est alors surpris par un puissant cyclone (dont il ne parviendra à se sortir qu'après une heure vingt minutes de lutte).

À cette latitude l'Amérique est déjà étroite, et la cordillère des Andes est peu éloignée de l'Atlantique. Ce n'est pas seulement dans le rabattement des monts de la côte que je me débattais, mais, sans doute, contre un ciel entier qui basculait vers moi du haut de la cordillère des Andes. Pour la première fois après quatre années de vol de ligne, je doutais de la résistance de mes ailes. Je craignais aussi d'emboutir la mer, non à cause des remous descendants qui formaient nécessairement, à son niveau, un matelas horizontal, mais à cause des positions acrobatiques involontaires où ils me surprenaient. Je doutais à chaque abattée de redresser avant le choc. Enfin, je craignais, avant tout, de sombrer simplement, une fois l'essence épuisée, ce qui me paraissait fatal. Je m'attendais à chaque instant au désamorçage de mes pompes. Et, en effet, les secousses étaient telles que l'inertie de l'essence dans les réservoirs à demi pleins, ou dans les tubulures, provoquait des arrêts répétés du moteur, qui lâchait non un grondement homogène, mais un étrange langage morse composé de longues et de brèves.
Cependant, cramponné aux commandes de mon lourd avion de transport, absorbé par la lutte physique, je ne connaissais plus que des sentiments rudimentaires et considérais sans rien éprouver les empreintes du vent

sur la mer. Je voyais de larges flaques blanches, de huit cents mètres d'envergure, courir sur moi à deux cent quarante kilomètres-heure, là où les trombes descendantes se divisaient contre les eaux en explosions horizontales.

La mer était à la fois verte et blanche. D'un blanc de sucre écrasé, et, par plaques, d'un vert émeraude. Je ne distinguais point l'une de l'autre les vagues de ce tumulte désordonné. Des torrents ruisselaient sur la mer. Les vents y imprimaient des foulées géantes, comme l'automne dans les moissons, quand un gigantesque remous se propage à travers les blés. Parfois, entre les plages, une transparence absurde offrait la vision d'un fond vert et noir. Puis craquait en mille éclats blancs la grande vitre de la mer.

Certes, je me découvrais perdu. Après vingt minutes de lutte, je n'avais pas gagné cent mètres. De plus, le vol était si difficile, à dix kilomètres des falaises, que je me demandais comment je résisterais aux remous si jamais je me rapprochais. Je marchais sur des batteries qui tiraient sur moi. Mais comment aurais-je connu la peur ? J'étais vide, absolument, de toute pensée qui ne fût pas l'image d'un acte simple. Redresser. Redresser encore. Redresser.

*

Je connaissais cependant des instants de répit. Sans doute ces répits ressemblaient-ils encore aux plus violents orages que j'aie subis, mais, en comparaison, je goûtais une grande détente. L'urgence des ripostes se dénouait un peu. Ces répits, je savais les prévoir. Ce n'est pas moi qui marchais vers ces zones de calme relatif ; mais ces oasis presque vertes, bien inscrites sur la mer, c'étaient elles qui couraient vers moi. Je lisais clairement sur les eaux l'annonce d'une province habitable. Et, chaque fois, au cours du répit temporaire, le pouvoir de penser et d'éprouver m'était rendu. Alors je me jugeais perdu. Alors l'angoisse me gagnait peu à peu. Et, lorsque je voyais déferler dans ma direction une nouvelle offensive blanche, j'étais pris d'une courte panique, jusqu'à l'instant précis où je butais, aux lisières du bouillonnement, contre mon invisible mer. Dès lors je n'éprouvais plus rien.

*

Monter! Je formais cependant ce désir. Il arrivait que la zone de calme m'apparût comme infiniment profonde. Alors j'étais repris par une lourde espérance : « Je vais prendre de l'altitude…, je vais trouver plus haut d'autres courants qui me permettront d'avancer…, je vais… » J'usais donc de la trêve pour tenter en hâte l'escalade. Elle était dure, car les vents rabattants demeuraient de solides adversaires. Cent mètres…, deux cents mètres… et je pensais : « Si j'atteins mille mètres, je suis sauvé. » Mais j'apercevais à l'horizon la meute blanche lâchée sur moi. Et je rendais la main pour n'être point frappé en plein poitrail, pour n'être point surpris, dans une position dangereuse. Trop tard. Le premier croc-en-jambe me culbutait. Ainsi le ciel m'apparaissait-il comme une sorte de dôme glissant, où je ne parvenais pas à me maintenir.

Groupement de textes stylistique

La terre vue du ciel

LE VOYAGE DANS LES AIRS, l'homme en a rêvé dès l'Antiquité avec le mythe d'Icare, et ce rêve s'est poursuivi à l'époque de la Renaissance, comme on peut le voir à travers les dessins de Léonard de Vinci (1452-1519). Les progrès de la science et de la technique ont permis bientôt de véritables ascensions au moyen de ballons dirigeables. Mais c'est surtout au début du vingtième siècle, avec l'avènement de l'avion, que l'on peut observer la terre d'une manière nouvelle.

La terre vue d'un aérostat ou d'un avion fait alors son entrée dans la littérature, à travers le texte descriptif. Ce sont surtout des terres inconnues, les *terrae incognitae*, qui sont alors révélées : centre de l'Afrique ou régions désertes de l'Amérique du sud... L'exotisme trouve un nouveau souffle et le lecteur est alors mis en présence d'un décor qui fait appel à de nouvelles images pour rendre compte de ce qui n'avait pu être observé auparavant.

Mais la terre vue du ciel ne se limite pas à l'apparition de nouveaux paysages. Des villes jadis puissantes sont devenues des ruines ; on peut observer en quelques secondes des époques géologiques qui se sont succédé sur des milliers d'années ; de nouveaux espaces et de nouvelles couleurs s'offrent à nos yeux et nous interrogent : l'écrivain se plonge alors dans une méditation sur l'évolution des civilisations et sur notre façon de considérer la planète. La description s'ouvre ainsi à la réflexion.

Jules VERNE (1828-1905)
Cinq semaines en ballon (1863)
(Folio junior n° 126)

Le docteur Fergusson, son ami Kennedy et son domestique Joe ont entrepris de survoler l'Afrique dont de nombreuses régions à cette époque (dans les années 1860) n'avaient pas encore été explorées. Il survole ici la région du fleuve Niger et en particulier la ville de Tembouctou (Tombouctou), située au Mali aujourd'hui.

En effet, le *Victoria* reprenait une route plus au nord et le 20, au matin, il passait au-dessus d'un inextricable réseau de canaux, de torrents, de rivières, tout l'enchevêtrement complet des affluents du Niger. Plusieurs de ces canaux, recouverts d'une herbe épaisse, ressemblaient à de grasses prairies. Là le docteur retrouva la route de Barth[1], quand celui-ci s'embarqua sur le fleuve pour le descendre jusqu'à Tembouctou. Large de huit cents toises, le Niger coulait ici entre deux rives riches en crucifères et en tamarins ; les troupeaux bondissants des gazelles mêlaient leurs cornes annelées aux grandes herbes, entre lesquelles l'alligator les guettait en silence.

De longues files d'ânes et de chameaux, chargés des marchandises de Jenné, s'enfonçaient sous les beaux arbres ; bientôt un amphithéâtre de maisons basses apparut à un détour du fleuve ; sur les terrasses et les

---

1. Heinrich Barth (1821-1865), explorateur et géographe allemand.

toits était amoncelé tout le fourrage recueilli dans les contrées environnantes.

« C'est Kabra, s'écria joyeusement le docteur ; c'est le port de Tembouctou ; la ville n'est pas à cinq milles d'ici !

— Alors vous êtes satisfait, monsieur ? demanda Joe.

— Enchanté, mon garçon.

— Bon, tout est pour le mieux. »

En effet, à deux heures, la reine du désert, la mystérieuse Tembouctou qui eut, comme Athènes et Rome, ses écoles de savants et ses chaires de philosophie, se déploya sous les regards des voyageurs.

Fergusson en suivait les moindres détails sur le plan tracé par Barth lui-même, et il en reconnut l'extrême exactitude.

La ville forme un vaste triangle inscrit dans une immense plaine de sable blanc ; sa pointe se dirige vers le nord et perce un coin du désert ; rien aux alentours ; à peine quelques graminées, des mimosas nains et des arbrisseaux rabougris.

Quant à l'aspect de Tembouctou, que l'on se figure un entassement de billes et de dés à jouer ; voilà l'effet produit à vol d'oiseau ; les rues, assez étroites, sont bordées de maisons qui n'ont qu'un rez-de-chaussée, construites en briques cuites au soleil, et de huttes de paille et de roseaux, celles-ci coniques, celles-là carrées ; sur les terrasses sont nonchalamment étendus quelques habitants drapés dans leur robe éclatante, la lance ou le mousquet à la main ; de femmes point, à cette heure du jour.

« Mais on les dit belles, ajouta le docteur. Vous voyez les trois tours des trois mosquées, restées seules entre un grand nombre. La ville est bien déchue de son ancienne splendeur ! Au sommet du triangle s'élève la mosquée de Sankoré avec ses rangées de galeries soutenues par des arcades d'un dessin assez pur ; plus loin, près du quartier de Sane-Gungu, la mosquée de Sidi-Yahia et quelques maisons à deux étages. Ne cherchez ni palais ni monuments. Le cheik est un simple trafiquant, et sa demeure royale un comptoir.

— Il me semble, dit Kennedy, apercevoir des remparts à demi renversés.
— Ils ont été détruits par les Foullanes en 1826 ; alors la ville était plus grande d'un tiers, car Tembouctou, depuis le XIe siècle, objet de convoitise générale, a successivement appartenu aux Touaregs, aux Sonrayens, aux Marocains, aux Foullanes ; et ce grand centre de civilisation, où un savant comme Ahmed-Baba possédait au XVIe siècle une bibliothèque de seize cents manuscrits, n'est plus qu'un entrepôt de commerce de l'Afrique centrale. »
La ville paraissait livrée, en effet, à une grande incurie ; elle accusait la nonchalance épidémique des cités qui s'en vont ; d'immenses décombres s'amoncelaient dans les faubourgs et formaient avec la colline du marché les seuls accidents du terrain.
Au passage du *Victoria*, il se fit bien quelque mouvement, le tambour fut battu ; mais à peine si le dernier savant de l'endroit eut le temps d'observer ce nouveau phénomène ; les voyageurs, repoussés par le vent du désert, reprirent le cours sinueux du fleuve, et bientôt Tembouctou ne fut plus qu'un des souvenirs rapides de leur voyage.

(Chapitre 39)

Antoine de SAINT-EXUPÉRY (1900-1944)
Terre des hommes (1939)

(Folio n° 21)

1

L'avion est une machine sans doute, mais quel instrument d'analyse ! Cet instrument nous a fait découvrir le vrai visage de la terre. Les routes, en effet, durant des siècles, nous ont trompés. Nous ressemblions à cette souveraine qui désira visiter ses sujets et connaître s'ils se réjouissaient de son règne. Ses courtisans, afin de l'abuser, dressèrent sur son chemin quelques heureux décors et payèrent des figurants pour y danser. Hors du mince fil conducteur, elle n'entrevit rien de son royaume, et ne sut point qu'au large des campagnes ceux qui mouraient de faim la maudissaient.

Ainsi, cheminions-nous le long des routes sinueuses. Elles évitent les terres stériles, les rocs, les sables, elles épousent les besoins de l'homme et vont de fontaine en fontaine. Elles conduisent les campagnards de leurs granges aux terres à blé, reçoivent au seuil des étables le bétail encore endormi et le versent, dans l'aube, aux luzernes. Elles joignent ce village à cet autre village, car de l'un à l'autre on se marie. Et si même l'une d'elles s'aventure à franchir un désert, la voilà qui fait vingt détours pour se réjouir des oasis.

Ainsi trompés par leurs inflexions comme par autant d'indulgents mensonges, ayant longé, au cours de nos voyages, tant de terres bien arrosées, tant de vergers, tant de prairies, nous avons longtemps embelli l'image de notre prison. Cette planète, nous l'avons crue humide et tendre.

Mais notre vue s'est aiguisée, et nous avons fait un progrès cruel. Avec l'avion, nous avons appris la ligne droite. À peine avons-nous décollé, nous lâchons ces chemins qui s'inclinent vers les abreuvoirs et les étables, ou serpentent de ville en ville. Affranchis désormais des servitudes bien-aimées, délivrés du besoin des fontaines, nous mettons le cap sur nos buts lointains. Alors seulement, du haut de nos trajectoires rectilignes, nous découvrons le soubassement essentiel, l'assise de rocs, de sable, et de sel, où la vie, quelquefois, comme un peu de mousse aux creux des ruines, ici et là se hasarde à fleurir.

Nous voilà donc changés en physiciens, en biologistes, examinant ces civilisations qui ornent des fonds de vallées, et, parfois, par miracle, s'épanouissent comme des parcs là où le climat les favorise. Nous voilà donc jugeant l'homme à l'échelle cosmique, l'observant à travers nos hublots, comme à travers des instruments d'étude. Nous voilà relisant notre histoire.

2

Le pilote qui se dirige vers le détroit de Magellan survole un peu au sud de Rio Gallegos une ancienne coulée de lave. Ces décombres pèsent sur la plaine de leurs vingt mètres d'épaisseur. Puis, il rencontre une seconde coulée, une troisième, et désormais chaque bosse du sol, chaque mamelon de deux cents mètres, porte au flanc son cratère. Point d'orgueilleux Vésuve : posées à même la plaine, des gueules d'obusiers.
Mais aujourd'hui le calme s'est fait. On le subit avec surprise dans ce paysage désaffecté, où mille volcans se répondaient l'un l'autre, de leurs grandes orgues souterraines, quand ils crachaient leur feu. Et l'on survole une terre désormais muette, ornée de glaciers noirs. Mais, plus loin, des volcans plus anciens sont habillés déjà d'un gazon d'or. Un arbre parfois pousse dans leur creux comme une fleur dans un vieux pot. Sous une lumière couleur de fin de jour, la plaine se fait luxueuse comme un parc, civilisée par l'herbe courte, et ne se bombe plus qu'à peine autour de ses gosiers géants. Un lièvre détale, un oiseau s'envole, la vie a pris possession d'une planète neuve, où la bonne pâte de la terre s'est enfin déposée sur l'astre.
Enfin, un peu avant Punta Arenas, les derniers cratères se comblent. Une pelouse unie épouse les courbes des volcans : ils ne sont plus désormais que douceur. Chaque fissure est recousue par ce lin tendre. La terre est lisse, les pentes sont faibles, et l'on oublie leur origine. Cette pelouse efface, du flanc des collines, le signe sombre.
Et voici la ville la plus au sud du monde, permise par le hasard d'un peu de boue, entre les laves originelles et les glaces australes. Si près des coulées noires, comme on sent bien le miracle de l'homme ! L'étrange rencontre ! On ne sait comment, on ne sait pourquoi ce passager visite ces jardins préparés, habitables pour un temps si court, une époque géologique, un jour béni parmi les jours.

André MALRAUX (1901-1976)
Antimémoires (1967)
(dans *Le Miroir des limbes I*, Folio n° 23)

En 1934 André Malraux pense pouvoir retrouver, au Yémen, la ville légendaire de la reine de Saba, dont parle la Bible. Il fait appel à Jean Mermoz et à Antoine de Saint-Exupéry qui sont tentés par l'aventure, mais l'Aéropostale, dont dépendent les aviateurs, refuse. Malraux fait appel alors à Corniglion, un autre aviateur, avec qui il entreprend cette recherche. Il survole bientôt Sanaa (aujourd'hui capitale du Yémen) puis remonte la vallée du fleuve Kharid.

Enfin, au sommet d'un pic semblable à tant d'autres, apparut une forme géométrique. Une illusion de plus? Non, c'était un fort. Au Yémen, Sanaa seule est dominée par un fort. Et à moins d'un kilomètre, une faille révéla d'un coup, cultivée jusqu'en ses derniers creux, la vallée de Sanaa — avec, au milieu, la ville entre ses murailles inclinées, et Rauda démantelée tout près, comme la peau abandonnée d'un serpent, — Sanaa ronde, toute en pierre, corbeille aride et magnifique de cristaux blancs et grenats, au fond de ses montagnes verticales.

Il s'agissait maintenant de remonter la vallée du Kharid jusqu'à celle des Tombeaux, d'où nous espérions voir les ruines. La brume se diluait. Au-delà des autres rivières, le Kharid, d'après les cartes, était très proche. Mais nous ne voyions aucun oued, et nous devinâmes enfin que ces rivières en pointillé étaient des rivières souterraines : il n'y avait pas de Kharid. Nous avions emporté de l'essence pour dix heures, nous étions partis depuis cinq heures, nous n'avions plus aucun repère au sol. Mais bientôt la brume, dont en avançant nous sortions de plus en plus, se trouva derrière nous. Nous étions sur le Kharid. La rivière était souterraine, mais, dans cette région presque stérile, la ligne vert

sombre de la végétation suivait celle de l'eau, peinte sur le sol par ses arbres.
Au-delà du Kharid commençait le grand désert du Sud, celui du royaume de Saba. Ce n'était pas encore un désert aux longues dunes molles, comme le Nord saharien ; il était rocheux ou plat, toujours décharné, squelette jaune et blanc de la terre, plein d'ombres et sans doute foisonnant de mirages. Ni vallée ni tombeaux. Il rejetait toute forme précise comme s'il eût combattu déjà l'œil humain, intrus dans sa solitude planétaire. Il semblait que d'innombrables rivières, taries depuis les époques géologiques, fussent gravées dans le sable, ramifiées comme des arbres sans feuilles ou des réseaux de veines, jusqu'à l'horizon parcouru par des trombes. Le vent emportait le sable en tourbillons aplatis ; chaque branche gravée se terminait par un tremblant voile de flammes. Toute la forêt du désert flambait, royaume interdit au fond duquel régnait sans doute quelque scorpion sacré dont les écailles reflétaient tour à tour le soleil haineux et les constellations du ciel babylonien... L'esprit, pourtant, commençait à s'habituer. L'œil aussi : à droite devant nous, quel était cet éboulis de galets colossaux ?
Nous distinguions de mieux en mieux le sol à mesure que nous descendions et que, dans l'avion de guingois, nous nous battions avec l'appareil de prise de vue comme des garçons de café affolés avec leur plateau. Ce n'était plus le désert, mais une oasis abandonnée, avec les traces de ses cultures ; les ruines ne rejoignaient le désert qu'à droite. Ces enceintes ovales massives, avec leurs éboulis clairs sur le sol, était-ce des temples ? Comment atterrir ? D'un côté, des dunes ou l'avion capoterait ; de l'autre, un sol volcanique où des roches sortaient du sable. Près des ruines, partout des éboulements. Nous descendions encore, et continuions à photographier. La muraille en fer à cheval ne s'ouvrait que sur le vide : sans doute la ville, construite de briques crues comme Ninive[1], était-elle retournée au

---

1. Capitale de l'ancien empire assyrien.

désert. Nous revînmes vers le massif principal : tour ovale, des enceintes encore, des bâtiments cubiques. Sur les taches sombres des tentes de nomades éparses hors des ruines, crépitèrent de petites flammes. On tirait sans doute sur nous. Au-delà des murailles se précisaient des vestiges pleins du mystère des choses dont nous ignorions la destination : cet H à plat sur la tour qui dominait les ruines, que signifiait-il ? Élément d'observatoire ? Terrasse de jardin suspendu ?

Michel BUTOR (1926-2016)
« Alphabet d'un apprenti »,
Michel Butor par Michel Butor

(Seghers, 2003)

Dans cet ouvrage de type autobiographique, Michel Butor organise un abécédaire pour ressaisir sa vie, dans lequel il a prévu une entrée « Aviation ». En fin de texte, comme une bibliographie, il fait apparaître trois titres de ses œuvres qui traitent aussi de l'aviation.

AVIATION

J'ai dû prendre l'avion pour la première fois dans les années 50, lorsque j'étais à Manchester, pour venir passer des vacances en France. La ville était couverte d'un épais brouillard. Le bus m'a conduit jusqu'à l'aéroport où tombait la pluie. Lorsqu'on s'est envolé le ciel s'est éclairci, et j'ai vu sortir d'une épaisse bourre de coton noir qui s'étalait au milieu de la campagne verdoyante les sommets des cheminées dont les fumées la nourrissaient. Immédiatement le paysage vu depuis les hublots m'a frappé comme quelque chose d'inconnu, fascinant, presque totalement inédit, à part peut-être quelques passages de Saint-Exupéry. Une fois, revenant de Tunis, un jeune Steward fort aimable dont l'appareil était presque vide m'a invité à venir m'asseoir en première, où il y avait encore quelques places disponibles près de l'allée centrale, me disant qu'il était inutile de se mettre près d'une fenêtre, car de toute façon l'on ne voyait rien. Il est vrai que sa place était plus confortable, mais le paysage qu'il était incapable de voir me manquait profondément. Certes on est souvent au-dessus des nuages, mais la couleur du ciel est différente de celle que nous connaissons même sur les plus hautes montagnes; on dirait que les crépuscules inventent de nouvelles régions du spectre. Et quand des trouées se font dans cette couverture, que de merveilles révélées, en particulier les déserts; comme la Terre nous semble vaste! Il fallait trouver des moyens de dire cette nouvelle vue sur notre habitacle, de faire sentir la façon dont ce moyen de transport transforme notre espace et notre temps. De plus en plus de photographes sont devenus sensibles à cette beauté qu'ils réussissent à nous faire partager, mais il faut encore autre chose; il faut faire parler ce nouveau voyage avec ses splendeurs, fatigues et malaises.

RÉSEAU AÉRIEN, MOBILE, OÙ

Chronologie

Antoine de Saint-Exupéry
et son temps

1.

Les sciences et les lettres (1900-1919)

Antoine de Saint-Exupéry naît le 29 juin 1900 à Lyon dans une famille d'origine aristocratique. Son père est issu d'une vieille famille limousine tandis que sa mère est originaire de Provence. Il est le troisième de cinq enfants (trois sœurs et un frère). Orphelin de père à quatre ans, Antoine est placé dans des instituts religieux, d'abord chez les frères des Écoles chrétiennes à Lyon, puis au Mans chez les jésuites. Son premier contact avec l'univers aérien a lieu en juillet 1912, pendant ses vacances d'été dans l'Ain, lorsque le pilote Gabriel Wroblewski-Salvez lui fait faire son baptême de l'air, à l'aérodrome d'Ambérieu.

Au moment de la déclaration de guerre, en 1914, Mme de Saint-Exupéry s'installe avec ses enfants dans le château familial de Saint-Maurice-de-Rémens dans l'Ain, et s'occupe d'une infirmerie militaire dans la région. En 1915, Antoine et son jeune frère sont pensionnaires dans un collège de Fribourg, en Suisse, qui applique une pédagogie et des méthodes modernes.

C'est là qu'Antoine découvre Honoré de Balzac (1799-1850), Charles Baudelaire et Fedor Dostoïevski. Reçu bachelier en 1917, il vient à Paris pour préparer l'École navale, sans succès; mais, à côté de ses études scientifiques, il songe de plus en plus sérieusement à la littérature et, grâce à des parents parisiens, surtout Mme de Lestrange, cousine de sa mère, il rencontre des écrivains de la *NRF* comme André Gide. Il y rencontre aussi Renée de Saussine, avec qui il échangera une correspondance (*Lettres de jeunesse*, 1923-1931).

1903 Les frères Wright effectuent les premiers vols à bord d'un biplan.
1905 L'Américain Winsor McCay crée le premier chef-d'œuvre de la bande dessinée : *Little Nemo*.
1909 Traversée de la Manche en avion par Blériot.
1914-1918 Première Guerre mondiale.
1917 Révolution d'Octobre en Russie.

2.

Les débuts dans l'aviation (1919-1928)

Il accomplit son service militaire à partir de 1919 et en 1921 il rejoint le 2e régiment d'aviation de Strasbourg comme mécanicien. Il prend des cours de pilotage et, très rapidement, il obtient son brevet de pilote militaire. Il fait alors divers stages pour se perfectionner (Maroc, Versailles, Le Bourget) mais ne perd pas de vue la littérature : il lit Jean Giraudoux (1882-1944) et Jean Cocteau (1889-1963).

En 1923, il termine son service militaire et pense

entrer dans l'armée de l'air, mais la famille de sa fiancée, Louise de Vilmorin, l'en dissuade ; il prend un emploi de comptable à Paris tout en s'essayant à écrire un roman. Bientôt il change de travail et devient représentant des usines de camions Saurer dans le centre de la France et, quand il revient à Paris, il en profite pour piloter des avions au Bourget et à Orly. Après la rupture avec sa fiancée, en 1926, il entre véritablement dans l'univers de l'aviation, d'abord en travaillant à la Compagnie aérienne française, puis à la compagnie Latécoère, dirigée alors par Didier Daurat : le modèle de Rivière dans *Vol de nuit*, à qui sera dédicacé le roman. L'année suivante il est intégré dans une équipe comprenant des pilotes prestigieux (Mermoz, Guillaumet…) qui assurent la liaison Toulouse-Casablanca-Dakar, et qui participent ainsi au développement des transports aériens.

1919	Prix Goncourt de Marcel Proust pour *À l'ombre des jeunes filles en fleur*.
1920	*Le Cimetière marin* de Paul Valéry.
1922	Mussolini au pouvoir en Italie.
1924	Premier numéro de *La Révolution surréaliste*.
1927	Lindbergh franchit l'Atlantique en avion.

3.

L'aventurier et l'écrivain (1928-1939)

En 1928, Saint-Exupéry est chef d'aéroplace à Cap Juby (Rio de Oro), et responsable de l'escale des avions de la ligne Toulouse-Dakar. Il organise plusieurs dépannages et sauvetages de pilotes dans le désert. C'est là qu'il écrit son premier roman intitulé *Courrier Sud*. De retour en France, il rencontre Gaston Gallimard qui accepte de le publier.

En 1929, il est muté en Amérique du Sud et participe à l'ouverture des lignes aériennes du continent sud-américain en compagnie de Daurat, Mermoz et Guillaumet. La même année il est nommé directeur de l'Aeroposta argentina et responsable de la ligne de Patagonie. Il se met à rédiger *Vol de nuit* tandis que paraît en France *Courrier Sud*. L'univers de l'aviation a renforcé chez Saint-Exupéry la force des liens d'amitié entre les hommes qui font équipe et se lancent dans l'action.

En 1930, il rencontre Consuelo Suncin (veuve d'un journaliste argentin connu), qu'il épouse lors de son retour en France en 1931, mais avec qui il finira par vivre séparé. Son roman *Vol de nuit*, préfacé par André Gide, obtient le prix Femina. C'est un succès : le récit est immédiatement traduit en plusieurs langues et sera adapté au cinéma, en 1933, par la Metro Goldwyn Mayer. Installé à Paris, il participe à des conférences, écrit des articles et des reportages (voyages à Moscou en 1935, en Espagne en 1936, en Allemagne en 1937, aux États-Unis en 1938...).

Mais l'aventure tente toujours Saint-Exupéry : alors qu'il essaie de battre le record de vitesse entre Paris et Saïgon, son avion s'écrase dans le désert de Libye : il est recueilli, avec son mécanicien, par une caravane, en janvier 1936. Nouvel accident en 1938, au Guatemala, lorsqu'il tente de battre un autre record (New York-Terre de Feu), il reste plusieurs jours dans le coma. Il ne cesse aussi de déposer des brevets pour améliorer le pilotage des avions : train d'atterrissage, lecture des appareils indicateurs...

> 1929   Krach boursier à New York qui entraîne une crise économique mondiale.
> 1932   *Voyage au bout de la nuit* de Céline.
> 1933   Hitler au pouvoir en Allemagne.
> 1936   Franco au pouvoir en Espagne ; début de la guerre civile espagnole. Front populaire en France.
> 1937   Inauguration de l'aéroport du Bourget.

4.

Les années de guerre (1939-1944)

En 1939, Saint-Exupéry publie un nouveau livre d'inspiration autobiographique : *Terre des hommes,* primé par l'Académie française et qui devient un best-seller aux États-Unis.

Lors de la déclaration de guerre en septembre, il est envoyé à Toulouse comme instructeur pilote, puis on lui confie des missions de reconnaissance. Tandis que la France est envahie par l'armée allemande, il se replie à Alger et, à la fin de l'année, il s'installe aux États-Unis. Il est douloureusement affecté par le déchirement entre une France qui pactise avec l'Allemagne et une France qui entend résister. L'une de ses missions, qu'il a réalisée sur Arras en 1940, lui inspire *Pilote de guerre,* un récit qui paraît aux États-Unis en 1942 mais qui est interdit en France. Il écrit aussi la *Lettre à un otage,* qui s'adresse à la fois à son ami Léon Werth mais, surtout, à la France. L'année suivante il publie *Le Petit Prince,* conte qu'il illustre lui-même par des dessins d'une grande fraîcheur.

Lorsque se décide le débarquement des alliés en Europe, Saint-Exupéry intègre l'escadrille 2/33 : il effectue des missions à partir de l'Afrique du Nord et pilote des appareils très sophistiqués de l'armée américaine, des Lightning P 38 ; mais, à la suite d'un incident lors d'un atterrissage, en août 1943, il est mis en réserve de commandement et ne peut plus voler. Il vit mal cette mise à l'écart. Il s'installe alors chez des amis à Alger, et rencontre des intellectuels et des écrivains (Gide, Philippe Soupault...), tout en poursuivant la rédaction de son dernier texte intitulé *Citadelle*, qu'il avait commencé à rédiger au début de la guerre. Au milieu de l'année 1944 on lui confie à nouveau des missions dans l'escadrille 2/33, basée en Sardaigne, dans le cadre des forces aériennes en Méditerranée. Mais lors d'une de ces missions, le 31 juillet 1944, Saint-Exupéry disparaît en Méditerranée, au large de Cassis.

Il reçoit un hommage national dans la cathédrale de Strasbourg un an plus tard. Son livre *Citadelle* est publié par Gallimard. En 1955 l'opéra du compositeur italien Luigi Dallapiccola, tiré du roman *Vol de nuit* de Saint-Exupéry, est représenté au théâtre des Champs-Élysées à Paris.

1939	Début de la Seconde Guerre mondiale. La France est envahie par l'armée allemande.
1940	Formation du gouvernement Pétain et Appel du 18 juin de De Gaulle.
1943	Représentation du *Soulier de satin* de Paul Claudel.
1944	Débarquement en Provence et libération de Paris.
1945	Capitulation de l'Allemagne.

Éléments pour une fiche de lecture

Regarder le tableau

- Relevez les différents éléments figuratifs. Quel est d'après vous le sujet du tableau ? Proposez un nouveau titre.
- Analysez la répartition des couleurs sur la toile. Quel est son rôle dans la composition ? Pouvez-vous délimiter différentes zones de contraste ?
- Quel mouvement votre œil décrit-il face au tableau ? Comment Delaunay produit-il cet effet ?

Les personnages

- Qu'est-ce qui rapproche le pilote Fabien et le directeur Rivière ? En quoi ces deux personnages peuvent-ils être opposés à l'inspecteur Robineau ?
- Pour quelles raisons le directeur Rivière demande-t-il à l'inspecteur Robineau d'infliger au pilote Pellerin « telle sanction pour tel motif… » (chapitre VI) ?
- Malgré sa sévérité et sa rigueur, en quoi peut-on dire que Rivière est un héros positif ?

L'avion

- Montrez qu'il existe une harmonie entre le pilote et son avion (chapitre I).
- En quoi l'avion permet-il d'humaniser la terre, d'en faire une «terre des hommes»?
- Dans quelle mesure, selon vous, *Vol de nuit* est-il un bon titre?

La nuit

- La nuit possède un statut ambigu. Montrez en quoi, pour les pilotes, elle est dangereuse et inquiétante.
- D'un autre côté vous préciserez dans quelle mesure elle se présente comme une épreuve qui permet le dépassement de soi.

Écriture

- **Construire une description :** Imaginez que Fabien, aux commandes de son avion, soit parvenu à rejoindre Buenos Aires au moment du lever du soleil. Il découvre au loin la grande ville en bordure de mer.

- **Rédiger un texte narratif :** Imaginez que l'avion de Fabien, à l'annonce de la tempête, puisse se poser, en début de soirée, sur un plateau de la cordillère des Andes. Le pilote et son radionavigant sont alors recueillis par une famille de paysans. Racontez.

- **Rédiger un texte argumentatif :** La femme de Fabien essaie de convaincre Rivière pour qu'il organise des recherches afin de retrouver son mari dans la cordillères des Andes. Imaginez le dialogue entre ces deux personnages.

DANS LA MÊME COLLECTION

Collège

La Bible (textes choisis) (49)
Fabliaux (textes choisis) (37)
Jean ANOUILH, *Le Bal des voleurs* (113)
Henri BARBUSSE, *Le Feu* (91)
CHRÉTIEN DE TROYES, *Le Chevalier au Lion* (2)
COLETTE, *Dialogues de bêtes* (36)
Pierre CORNEILLE, *Le Cid* (13)
Gustave FLAUBERT, *Trois contes* (6)
Wilhelm et Jacob GRIMM, *Contes* (textes choisis) (72)
HOMÈRE, *Odyssée* (18)
Victor HUGO, *Claude Gueux* suivi de *La Chute* (15)
Thierry JONQUET, *La vie de ma mère !* (106)
Joseph KESSEL, *Le Lion* (30)
Jean de LA FONTAINE, *Fables* (34)
J. M. G. LE CLÉZIO, *Mondo et autres histoires* (67)
Gaston LEROUX, *Le Mystère de la chambre jaune* (4)
Guy de MAUPASSANT, *12 contes réalistes* (42)
Guy de MAUPASSANT, *Boule de suif* (103)
MOLIÈRE, *L'Avare* (41)
MOLIÈRE, *Le Médecin malgré lui* (20)
MOLIÈRE, *Les Fourberies de Scapin* (3)
MOLIÈRE, *Trois courtes pièces* (26)
George ORWELL, *La Ferme des animaux* (94)
Daniel PENNAC, *La fée carabine* (102)
Louis PERGAUD, *La Guerre des boutons* (65)
Charles PERRAULT, *Contes de ma Mère l'Oye* (9)

DANS LA MÊME COLLECTION

Jacques PRÉVERT, *Paroles* (29)
Jules RENARD, *Poil de Carotte* (66)
John STEINBECK, *Des souris et des hommes* (47)
Robert Louis STEVENSON, *L'Étrange Cas du docteur Jekyll et de M. Hyde* (53)
Michel TOURNIER, *Vendredi ou La Vie sauvage* (44)
Fred UHLMAN, *L'Ami retrouvé* (50)
Jules VALLÈS, *L'Enfant* (12)
Paul VERLAINE, *Fêtes galantes* (38)
Jules VERNE, *Le Tour du monde en 80 jours* (32)
Oscar WILDE, *Le Fantôme de Canterville* (22)
Marguerite YOURCENAR, *Comment Wang-Fô fut sauvé et autres nouvelles* (100)

Pour plus d'informations,
consultez le catalogue à l'adresse suivante :
http://www.gallimard.fr

Composition Interligne
Impression Novoprint
le 8 novembre 2024
Dépôt légal : novembre 2024
1er dépôt légal : août 2007

ISBN 978-2-07-034628-8/Imprimé en Espagne.

651850